SERGEI
セルゲイ
苦労性の宰相
ALEXEY
アレクセイ
残酷な皇帝

「パイ！」
エレオノーラは驚いて、振り向く。
「なしてオラの名前を……」
エレオノーラは訛った口調で喋っていたことに
ようやく気づき、口を閉ざした。
（やっちまっただ！　オラ、喋っちまっただ。
これじゃ、淑女じゃないっぺ！　まいったっぺ）
「君はパイなのか？」
アレクセイが泣きそうな顔をして
エレオノーラに聞くが、
彼女は混乱して何も言えない。

「エレオノーラ様、
これは私の不手際です。
どうぞ陛下に謝罪を」
すると、アレクセイはセルゲイを制して、
もう一度エレオノーラに尋ねる。
「そなた、パイは
二番目に好きだと言ったな。
ならば、一番目は？」
アレクセイは、エレオノーラの
紫色の目をじっと見つめると、
彼女は真剣な眼差しで答えた。
「……ハムでございます」
ELEONOLA
エレオノーラ
寡黙な公爵令嬢

無口な公爵令嬢と冷徹な皇帝

～前世拾った子供が皇帝になっていました～

ベキオ
絵＝藤未都也

CONTENTS

A SILENT LADY & COLD EMPEROR

プロローグ

A SILENT LADY
&
COLD EMPEROR

「エレオノーラ様も、本日皇城で開催される舞踏会に参加するよう旦那様からご命令されております」

上等な紺色のお仕着せを着た不愛想な中年女性が、小さな平屋のレンガ造りの建物に入るや否や、挨拶もなくこの家の主にそう告げる。

「……そう」

エレオノーラと呼ばれた女性は、首を傾《かし》げ困った顔をして頬に手を当てて返事をした。彼女は、ウィリデス帝国の建国時からあるプルプレウス公爵家の長女で、波打つ金髪に紫色の目を持つ、輝かんばかりに美しい十七歳の乙女だ。

実によくある話だが、その美しさに嫉妬した継母《ままはは》によって、公爵家の敷地内にある小さな離れに、幼いころからたった一人で住まわされていた。ちなみに、この離れは随分と昔に伝染性の不治の病にり患した公爵家の者を隔離するために建てられたもので、大分年季が入っている。

帝都ケントルグラードにあるプルプレウス公爵家のタウンハウスには、古く荘厳な本館のほかに、新旧二棟の別館もあるが、エレオノーラには別館ですらなく、古く小さな離れがあてがわれていた。とはいっても完全に放置されているわけでもなく、通いの使用人も時折訪れるし、家庭教師もつけられている。


さて、唐突に舞踏会に行けと告げられたエレオノーラは、長い睫毛《まつげ》を伏せて黙っている。

彼女から発せられる妙な色気にあてられて、本館から来た不機嫌な侍女は一瞬どぎまぎするが、コホンと小さく咳払《せきばら》いをすると、一緒に連れてきた若いメイドたちに指示した。

「お前たち、さっさとエレオノーラ様の支度をなさい」

そしてエレオノーラに再度目を向ける。

「準備が整ったら本館のエントランスホールで大人《おとな》しくお待ちください。間違っても旦那様や奥様方をお待たせするようなことがないようになさってくださいね」

上級使用人とはいえ単なる使用人にすぎない侍女が、公爵令嬢にこのような横柄な態度を取っていることをこの屋敷外の者が知ったらさぞかし驚くことだろう。しかし、エレオノーラにとってそれはごくごく普通のことだった。ゆえにまったく気にしないし、気にならない。

中年の侍女が去った後、二人のメイドによってエレオノーラは美しく装われた。彼女に用意されていたドレスは真っ赤で胸元が大きく開き、裾が広がった安っぽくけばけばしい下品なものだが、エレオノーラが着ると彼女の美貌と存在感が引き立ち、不思議なことに品よく見える。このドレスは継母が用意したもので、嫌がらせであるのは明らかであるが、やはり彼女は気にしない。

支度が整い終わると、エレオノーラは一人で本館に向かい、侍女に言われた通りエントランスホールで父親や継母、異母妹を待った。

しばらくすると、異母妹のソフィアが正面の大階段を上がり切ったフロアに姿を見せる。ソフィアは栗色《くりいろ》の髪の毛と目をした可愛らしい容姿の一見大人しそうな令嬢だが、エレオノーラが視界に入った途端、彼女目掛けて扇を投げつけた。しかし、エレオノーラは少しも動じることなく、扇を手でバシッと捕らえる。

動揺をまったく見せないエレオノーラにソフィアは苛立《いらだ》ち、声を荒げた。

「ちょっとお、なんであんたまで舞踏会に行くのよ？　聞いてないわよ、私！」

「……」

必要以上に喋《しゃべ》るなと厳しく躾《しつ》けられたエレオノーラは、どう答えたものかと思案し、結局、何も発しなかった。

（まいっただ。オラもまさか、今日、こんな綺麗《きれい》なべべ着て、お城さ行くとは思わなかっただよ。いきなり言われて、びっくりしたっぺ）

エレオノーラはよく考えて言葉を発しないと、前世の癖で非常に訛《なま》りに訛った言葉が口から出てしまうのだ。

そう、エレオノーラには前世の記憶があった。

彼女は生まれたときから前世の鮮明な記憶を持っている。それを悟られまいと極力赤ん坊らしく振る舞うものの、彼女は異常に大人しい赤ん坊として気味悪がられた。といっても、両親が直接子育てに関わることはない。これは上流階級では一般的なことで、エレオノーラは母親が亡くなるまでは本館で乳母《うば》らに世話をされて過ごしていた。

しかし、本館での暮らしもすぐに終わってしまう。エレオノーラが二歳のときに母親が亡くなると、父親はすぐに後妻を迎え入れた。それが現在の継母アンナである。幼いながらも非常に美しいエレオノーラは、案の定、彼女に邪険に扱われ小さな離れへ追い出された。

本館を追い出されていても、彼女はれっきとした公爵家の長女である。公爵家の駒として、どこに嫁《か》しても恥ずかしくないようにと、作法や学問だけは家庭教師をつけて身につけさせられた。ダンスも刺繍《ししゅう》も楽器も公爵令嬢として何も問題ない。むしろ普通の令嬢よりも優れているだろう。

なのに、なぜか言葉だけは矯正《きょうせい》できなかった。前世の記憶のせいで、どうしても訛ってしまうのだ。一歳で初めて言葉を発したときは単語だけだったから、不審がられることはなかったが、二語文、三語文になると、訛りを隠すことができなかった。

焦《あせ》ったのは世話係を任された者たちである。公爵令嬢が、「飯うんめえなぁ。おめも食うか？」などと言ったら、減給どころか首になるかもしれない。

もちろん、彼女がなぜ訛った言葉を話すのかという点については、徹底的に調べられた。公爵家の使用人に田舎《いなか》言葉を喋る者はおらず、そもそも生まれて数年のエレオノーラに接触する人間は限られている。いくら調査しても、結局原因は分からなかった。しかし、原因が分からずとも、対策はすべきだ。

そこで世話係や教師たちは、エレオノーラに発言する前に頭の中で文章を考えて、それを読み上げて話すよう訓練をさせた。

その訓練のお陰で、今では訛った言葉を人前で発することは一切ない。そして、極力喋らないようにしているため、エレオノーラは公爵家の静かなる美姫《びき》と社交界で呼ばれるようになった。

(それにしても、まいったっぺ。皇帝陛下の舞踏会ってえと、国中のうまい飯が出るって噂《うわさ》だっぺ。オラ、うまい飯を目の前にして、食うの我慢するのしんどいぞ。たらふく食いたいだ。まったく令嬢ってのは大変だっぺよ！)

エレオノーラはほうっとため息をついて、美しく憂《うれ》えた顔を見せる。実のところ、意地汚く料理のことしか考えてないのだが、その姿に使用人たちは釘付《くぎづ》けになっていた。たまにしか姿を見せないエレオノーラに、使用人といえども注目が集まるのが我慢ならないソフィアは癇癪《かんしゃく》を起こす。

「まったく、こんな愚鈍《ぐどん》でうすのろの女が姉だなんて、恥ずかしいったらないわ！　お父様もお母様も、さっさとこんな女追い出せばいいのに！」

ソフィアの無茶苦茶な言い分も、エレオノーラは特に気にしない。

(追い出してもいいっぺよ。でもな、オラは貴族の責務っちゅうもんを果たさんといかんとは思ってるだ。なんか、役に立ってから追い出してほしいっぺな)

「なんとか言いなさいよ！」

(なにか言った方がいいっぺか？　でも、何言ってもソフィアはぷんすか腹立てるしなあ。癇《かん》の虫でも腹に飼ってるだか？　いや、そんなもんいねえって家庭教師の先生に教えてもらっただ。めんどくせえから、とりあえず、あやまるっぺ)

「……ごめんなさい」

エレオノーラから謝罪の言葉を受けたソフィアは、ふんっと鼻を鳴らし立ち去った。ぞろぞろと彼女専属の侍女たちを引き連れて。

(あの侍女たち、金魚の糞《ふん》に似てるだ。オラが昔飼っていた金魚のクロちゃんとハナちゃんも、糞をつけて泳いでたっぺな。まあ、そんなところもめんこかったけどもな)

そんなことをぼうっと考えながら、エレオノーラがエントランスホールで父親と継母、そしてソフィアを待つこと二時間。ようやく三人がホールに降りてきた。まずは継母アンナが汚《けが》らわしいものであるかのようにエレオノーラを見やる。

「イヤだわ、ぼーっと立ってて街娼《がいしょう》みたいね。あの服は娼婦の間で流行《はや》っているドレスでしょ？　まったくエレオノーラは品がないわね！　旦那様、こんな子、連れて行けませんわ」

茶色の髪を高く結い上げ、ジャラジャラと宝石を纏《まと》った継母アンナは鼻で笑う。

（この赤いべべ、オラが用意したもんでねえっぺ。大体、なんでお貴族様のおなごが、娼婦の流行を知ってるだ）

しかし、何を言っても詮《せん》なきことだし、何よりエレオノーラが訛らずに話すには時間がかかってしまう。彼女は扇で口元を隠してため息を漏《も》らした。

エレオノーラのドレスは、アンナが用意させたものである。あわよくば、エレオノーラに舞踏会を欠席させることができるかもしれないという、アンナの苦肉の策だった。しかし、エレオノーラの父ドミトリーは、忌々《いまいま》しげに首を横に振る。

「だめだ。今回は必ず出席させよと皇帝陛下のお言葉だ。まあ、あんな下品な娘には、目もくれんだろうから心配はするな」

すると、異母妹ソフィアが上目遣いで父に言う。

「悪魔皇帝の舞踏会なんて怖いわ」

「はは、悪魔皇帝もソフィアの魅力に骨抜きになるかもな」

「いやだわ。そんな怖い悪魔皇帝には嫁ぎたくないわ！」

親子の会話に、エレオノーラは呆《あき》れるしかなかった。

（おめたち、不敬にもほどがあるっぺ。間違ってでも皇城でそんなこと言うでねえぞ）

プルプレウス公爵家の四名が揃《そろ》ったところで、馬車で帝都の中心部に位置する皇城に向かった。馬車の中ではソフィアを中心に、会話に花が咲く。

継母アンナと異母妹ソフィアはよく似ていた。栗色の髪の毛と同じ色をした垂れ目がちの大きな目に、小さな低い鼻と小さな口、そして華奢《きゃしゃ》な体つきをしている。

一方のエレオノーラは豪奢《ごうしゃ》な波打つ金色の髪に、紫色の目、すっと細い鼻に、形のよい唇、そして豊かな胸と尻とは対照的に非常に細い腰をしていた。エレオノーラはどのようなドレスを着ても決して下品にはならず、いつも気高く優雅で寡黙《かもく》なため、社交界では静かなる美姫と呼ばれているが、実際のところ、お茶会も夜会もほとんど出席しないので、秘された薔薇《ばら》という名で噂されている。もちろん、彼女の与《あずか》り知るところではない。

今日催される舞踏会は、二十七歳になったウィリデス帝国皇帝の妃《きさき》選びのためのものである。未《いま》だ独り身の皇帝に相応《ふさわ》しい家柄の令嬢たちが集《つど》う舞踏会で、エレオノーラもそれに漏れることはなかった。

第一章

悪魔皇帝アレクセイ

A SILENT LADY & COLD EMPEROR

建国三百年を迎えるウィリデス帝国に、新たな皇帝が誕生したのは昨年のことだ。名をアレクセイ・グラキエス・ウィリデスという。

すらりと均整の取れた鍛えられた体躯《たいく》に銀色の髪と青い目を持つアレクセイ三世が、帝都の中心にある皇城に住まうようになってから約一年経《た》った。彼はほぼその一日を執務室で過ごしている。おおよそ大陸一の皇帝の執務室とは思えぬほど殺風景な部屋で、カリンで作られた大きな机に、本棚、そしておびただしい量の書類しかない。この執務室の続きの部屋にはベッドがあり、そこで仮眠をとることもしばしばだ。

舞踏会が開催される今日も、皇帝アレクセイは執務室で淡々と貴族たちを処する命を下していた。そして、その手はずを整えるのは、皇帝の片腕である宰相セルゲイ・バザロフだ。

「陛下、嘆願書はこちらで処分しておきます」

処刑の対象となる貴族たちが助命を乞《こ》う書簡を送ってくるのだが、アレクセイは一顧《いっこ》だに値しないとばっさりと切り捨て、それらを全て燃やすようにセルゲイに指示する。

この対象となっている者たちは、主に数十年前に廃止されたはずの奴隷制度を継続していた反皇帝派と呼ばれる貴族たちである。アレクセイが即位すると、反皇帝派貴族たちは次々に粛清《しゅくせい》された。

処分対象になりうる貴族たちは亡命を試みるものの、計画はことごとく失敗し、誰一人として亡命することはできなかった。そして、アレクセイを皇帝の座から引きずり落とそうと姦計《かんけい》を巡らせても、必ず詭謀《きぼう》は事を起こす前に暴かれる。

どんなに慎重に、かつ秘密裏に計画を進めていても、アレクセイは正確な情報を手に入れて阻止する。どのように情報を得ているのかまったく不明であることから、アレクセイは悪魔と契約した皇帝——悪魔皇帝と恐れられていた。

「……悪魔皇帝か。くだらん」

アレクセイの独り言に、若き宰相セルゲイが眼鏡をくいっと上げて応える。アレクセイほどではないにしろ、黒髪に緑色の目をした整った顔の男だ。

「そのくらい恐れられていた方がよろしいでしょう。まだ陛下の治める帝国の情勢は不安定でございますから」

「セルゲイ、おまえは俺が皇帝になっても変わらんな。皆、俺を恐れて進言せぬようになったのに」

「私は皇帝に相応《ふさわ》しいのは陛下しかいないと信じておりますし、死するまでこの帝国のために尽力したいと思っておりますので。陛下の地位を盤石《ばんじゃく》とするためにも、皇后に相応しいご令嬢を本日の舞踏会でお選びください」

「気が進まぬが、仕方あるまい」

アレクセイはため息をつき、今日開催される舞踏会を憂鬱に思うのだった。

そもそも今日開かれる舞踏会は、宰相セルゲイの発案である。

三か月前のことだ。その日もアレクセイは粛々《しゅくしゅく》と執務をこなしていた。夕日が執務室に差し込み、窓を背にして座るアレクセイの美貌をより際立たせているが、それを見ることができるのはセルゲイだけである。

アレクセイは七年もの間、戦場を駆け、自ら剣を手に取って戦ったとは思えないほど優美である。皇帝の座を得てからは日焼けした肌もすっかり白くなった。

そんなアレクセイにセルゲイは書類を渡すと、あらたまった様子で話しかける。

「陛下。国内の情勢もだいぶ落ち着いてきました。そろそろご結婚し、皇后様を迎えてはいかがでしょうか。陛下は跡目争いで、随分とご苦労なさったからよくお分かりでしょう。後ろ盾となる、相応しい皇后様が陛下には必要なのです」

アレクセイは渡された書類を机に置いて長い脚を組むと、セルゲイを見上げて微笑《ほほえ》んだ。

「……お前の頭が夕日を反射して眩《まぶ》しいんだが」

セルゲイははっと頭に手をやり、確かめるかのように髪の毛に触る。

「父と違って、私の頭にはまだまだ毛があります！」

「冗談だよ。しかし、お前の頭が禿《は》げ上がらぬうちに皇后は迎えるべきだな」

「私は禿げませんから！」

セルゲイ・バザロフは、先代の宰相である父親譲りの優秀な頭脳をもった冷静な男であるが、髪の毛のことを指摘されると途端に慌《あわ》てるので、時折、アレクセイは冗談を言ってからかう。ちなみに、先代宰相は美しく輝いた頭をしており、光魔石宰相という二つ名を持っていた。

帝国では光魔石という、僅かな魔力を注ぐことで輝く石が産出される鉱脈がいくつかあり、光魔石を巡って周辺国との争いがあったが、それも今は昔だ。

「では、今度の舞踏会で陛下に相応しい令嬢たちを招待しましょう。陛下はどのような女性がお好みでしょうか」

アレクセイに妃《きさき》を迎える意思があることを知ったセルゲイは、前のめり気味に尋ねる。

「この帝国のためになるならば、誰でも構わん」

しかし、アレクセイはどうでもいいとばかりに答えた。

「選び放題とはいきませんが、できるだけ陛下の希望に沿うお相手を用意しますよ。陛下のお好みの方の方が、より良い関係を築けるでしょう？」

「好みなどない。どんな女でもいい」

アレクセイの投げやりな返答に、セルゲイは食い下がる。

「もう少し、結婚に夢を見ても良いのではありませんか。ほら、おっぱいが大きいとか、お尻が大きいとか」

「セルゲイ、それはおまえの好みだろう」

呆《あき》れつつもアレクセイは手を顎《あご》に当てしばらく考えて、呟《つぶや》いた。

「できたら皮膚がカエルのような緑色で、スライムのようなぶよぶよした女がいい。そう、目は皮膚で覆《おお》われて鼻も頬も垂れ下がってて、濁声《だみごえ》で、動物好きな優しい人間だ」

「へ……？」

アレクセイの女性の好みを聞いたセルゲイは言葉を詰まらせる。その様子を見て、アレクセイは軽く首を横に振った。

「冗談だ。くだらぬことを言った。とにかく、容姿も年齢も気にせぬ。いや、年齢は子をなせる範囲で頼む」

そう言うと、アレクセイは再び書類に視線を落とした。まだ目を通すべき報告書も書簡も山ほどあるのだ。

夜の帳《とばり》が下り、光魔石の灯《あかり》が執務室を明るく照らす。アレクセイは片手で軽食を取りながら、セルゲイに渡された書類を確認していた。

一方のセルゲイはいつもとは異なり、心ここに在らずの様子で仕事に集中できていないようだ。それに気づいたアレクセイが眉根を寄せる。

「どうした、セルゲイ？　具合でも悪いのか？」

その問いにセルゲイは遠慮がちに応えた。

「あの、陛下が先ほどおっしゃった理想の女性像ですが、もしかして魔の森で幼かった陛下をお助けした方のお姿でしょうか？」

「だとしたらなんだ？」

アレクセイは書類を机に置き、恐ろしく冷たい目でセルゲイを見る。

「……いえ、何でもありません。申し訳ございませんでした」

セルゲイは、触れてはならない話題だったと思い至ったようで、ただただ頭を下げるのだった。

◇◇◇

アレクセイは六歳のときに、当時の皇后の手によって殺害された。

アレクセイの生みの母は隣国の巫女姫《みこひめ》で、彼を産んだ後に亡くなり、その後すぐに新たな皇后が反皇帝派貴族から迎えられた。そしてその皇后が、血の繋《つな》がった我が子を皇帝にすべく、邪魔なアレクセイを始末したのだ。

アレクセイは避暑のため辺境にある宮殿に向かっている途中、土砂崩れに巻き込まれて亡くなったとされたが、実際には馬車の中で絞殺された。

そして、衣服を剥《は》ぎ取られた遺体は魔獣が巣食う森に捨てられたのだった。

いとも簡単に皇后の計画通りにいったのは、当時、反皇帝派が圧倒的な力を持っていたためである。


魔の森に捨てられたアレクセイの遺体だが、巫女姫の母親が今際《いまわ》の際《きわ》に与えた加護により蘇《よみがえ》る。

といっても生き返ったところで、魔獣がうじゃうじゃいる森の中だ。

再び命を与えられた裸のアレクセイはすぐに魔獣に襲われた。

「来るな！　やだ、来るな！」

泣き叫んだところで、魔獣には通じないし、誰も助けてはくれない。大人の背丈の三倍はあろう三つの目を持つ赤い熊の魔獣である三つ目赤熊が幼いアレクセイに牙を剥《む》き、生きたまま、腸《はらわた》を食い、柔らかいくちびるや頬を貪った。

しかし、魔獣に食われて死んでも、夜が明け朝日を浴びるとアレクセイは蘇る。そして、翌日も早々に魔獣に食われ、また死んだのだった。


三度目の死と蘇りを迎えた朝、アレクセイは服を纏《まと》った謎の生物に声をかけられる。

「なしてこんなとこに、人間の子供がいるっぺ？」

アレクセイの目の前にいるのは、ぶよぶよした緑色の肌をした二足歩行をする謎の生物。どうやら人語が解せるようだ。

会話ができたとしても、また殺されるかもしれない。

そう思うと、アレクセイは恐怖で足がすくんだ。そんな彼の不安に気づかずに、謎の生物は濁声《だみごえ》で話しかける。

「おめさ、めんこいなあ。ああ、こったらめんこい子、初めて見ただ。でも、裸んぼは、よくないっぺ」

謎の生物は己の肩にかけていたボロボロのストールをアレクセイに巻いた。殺されることはないと、本能的に確信したアレクセイは大人《おとな》しくストールを頭からかぶる。そして、もう一度よく謎の生物を見た。スカートを着用していることから、性別は女のようだ。

もしかしたら助かるかもしれないと、少し気持ちに余裕ができたそのとき、大きな足音を立てて獰《どう》猛《もう》な三つ目赤熊が彼らの方に走ってきた。

二回もアレクセイを殺したあの魔獣だ。

あまりの恐ろしさに、声も出ず震えることしかできない。

また殺される。

その恐怖で失禁したが、それどころではなかった。

しかし、緑色の謎の生物は平然と三つ目赤熊の前に立ちはだかる。

「こら！　おめ、何してるっぺ！　まさかこんなめんこい子を食うつもりか？　そったらことしたら、おめを殺して鍋にすっぺ！　いいか、おめは熊鍋だ！」

彼女がそう怒鳴ると、三つ目赤熊は怯《おび》えて走り去っていった。

状況が理解できず、ぽかんとしているアレクセイの頭を緑色の謎の生物は撫《な》でて、笑いかけた。

「大丈夫だっぺ。心配いらねえだ。オラがおめを守るだ」

そして、恐怖で力が入らないアレクセイは彼女の背におぶされる。

「めんこい、めんこい。はあ、ほんとにめんこいなあ。おめ、この森に捨てられたのけ？　そうだっぺなあ。ここは、子供が一人で入れる森でねえだ。とりあえず、オラの家さ来い」

アレクセイは謎の生物に背負われたまま、森の奥深くに連れて行かれた。その道中、魔獣たちが彼女にすり寄ってくる。大型犬ほどの大きさの二角ウサギ、猛毒虎、酸を吐く大青なめくじ等々、どれも、討伐するのに一苦労すると、以前騎士から聞いたことがある魔獣たちだ。

アレクセイが魔獣に怯えてぎゅっと謎の生物の肩を掴《つか》むと、ぶよぶよした肌の感触が服越しに伝わる。アレクセイはその感触を気持ち悪いとは思わなかった。

謎の生物は、おんぶしたアレクセイのお尻を優しくとんとんと叩《たた》きながら、魔獣たちに話しかける。

「おめたち、いい子にしてたか？　見ての通り、今日、母ちゃんな、めんこい子供を拾っただ。おめたち、悪いけど、しばらく母ちゃんのところに遊びにこねえでくれ。おめたちの仲間にもそう伝えるんだぞ。いつか、この子もおめたちと仲良くなれるかもしれん。その日までいい子にするっぺよ。母ちゃんとの約束だっぺ」

魔獣たちは承諾したのだろう、それぞれ去っていく。

その後、ひとしきり森の中を進んでいくと、洞窟が現れた。

「オラはあそこに住んでんだっぺ」

謎の生物は木々に覆われた洞窟を緑色の指で差す。

ここまで来てようやくアレクセイは、今日は殺されないで済むかもしれないと安堵《あんど》した。

「おめ、名前はなんていうだ？」

「……」

「喋《しゃべ》れんのか。うんにゃ、気にすることないっぺ」

沈黙が続くが、謎の生物は気にせずアレクセイをおんぶして歩いて行く。しばらくすると、か細い声でアレクセイが喋り始めた。

「……事情があって名前は言えない。僕が生きていることが知られたら殺される」

「おお！　おめ、喋れたんけ。いがった、いがった。綺麗《きれい》な声だっぺ」

背中越しの会話は、アレクセイを安心させた。

そしておんぶされたまま洞窟に入ると、奥の方に粗末な寝床と少しの荷物があるのが目に入ってくる。

「腹は減ってねえか？　めし食うか？」

その言葉で、一度目に殺されてからなにも口にしていないことに気づく。

「うん……」

「そうけ、そうけ。今、オラが用意すっから、待っとけ。……その前に、体を綺麗にするっぺ」

謎の生物はアレクセイを背から下ろすと、濡《ぬ》らしたぼろきれで彼の身体を拭《ふ》いた。三つ目赤熊のせいで粗相をしていたのだ。

「この水はなぁ、この洞窟の奥にある湖から汲《く》んだ水で綺麗だっぺよ。布っきれも洗濯してるから汚くねえ。安心するだ」

謎の生物はアレクセイの体を拭き終わると、大きな布で包《くる》む。

「驚いたっぺな。怖かったぺな。もう大丈夫だ。オラがついてるだ」

その言葉を聞いて、アレクセイは顔を歪《ゆが》ませて大泣きをした。彼女はアレクセイを優しく抱きしめ、背中を優しく撫でる。

「ねえ、僕は助かったの？　ここにいていいの？」

謎の生物は涙ながらにそう聞くアレクセイの頭を撫でて、微笑んだ。

「もちろんだっぺ。オラ、こんなめんこい子供と一緒にいられて幸せだべさ」

アレクセイはあらためて、緑色のぶよぶよした皮膚をした謎の生物を見る。

「……あなたは人間なの？」

「んだ。そうだべ。人間だっぺよ」

「女の人？」

「んだ」

謎の生物は人間の女性だった。

「名前は？」

「オラには名前がねえんだ。村のみんなはバケモンと呼んでただ」

「でも、今さっき、カーチャンって自分のこと言ってなかった？」

彼女は何のことだか分からないとばかりに、首を捻る。

「ほら、魔獣にカーチャンって言ってたでしょ」

「魔獣ってなんだっぺ？」

アレクセイは驚く。目の前の人間は魔獣を知らないようだ。

「ええっと、あなたが話しかけていた動物たちだよ」

「……ああ！　あの子ら、魔獣っていうだか？」

アレクセイは頷《うなず》く。

「あの子らには、母ちゃんって言っただよ。オラ、家族いねえから、みんなの母ちゃんになりたくてなあ」

「カアチャン？」

「母親のことだっぺ。そんなことより、おめの名前ないと不便だなあ」

彼女はまじまじとアレクセイを見た。

「白くて柔らけえほっぺしてるだな。でっけえ青い目ん玉、キラキラした銀色の髪の毛。村長さんとこのお嬢さんが持っていたお人形さんよりも、ずっとずっと綺麗だっぺ」

「僕は人形じゃないよ？」

「んだな、お人形さんよりも、めんこいだ！　……とりあえず、ハムちゃんと呼ぶっぺ」

「ハムちゃん？」

「ダメか？」

アレクセイは不安げにそう聞く彼女に首を横に振る。

「いいよ。僕はあなたをなんと呼べばいいの？　バケモンとは呼びたくないよ」

「でもオラに名前はねえだ。そうだっぺな、ハムちゃんが付けてけれ」

アレクセイは彼女の名前を考える前に、なぜ自分にハムちゃんと名付けたのかを聞くことにした。

「なんで、僕の名前をハムにしたの？」

「オラ、村で何度かハムを見たことがあるっぺ。でも食ったことねえんだ。ほっぺが落ちるほどうめえって聞いただ。おめのほっぺも柔らかくて、落ちそうだっぺ。だからハムちゃんって名前だっぺ！」

「ええ……？　そんな理由なの？」

「だめか？」

しょんぼりした様子の彼女に、アレクセイは慌てた。

「いや、いいよ。すごくいい名前だよ。命の恩人のあなたが付けてくれたのだもの。じゃあ、あなたの名前はパイにするよ。僕の好きなお菓子はカスタードパイやアップルパイなんだ」

「パイ？　そんな食いもん知らねえだ。オラ、食ったことねえ。でもハムちゃんがうめえっていうんだから、すんげえうめえんだろな」

こうして、アレクセイはハムという新たな名で魔の森で暮らすことになった。


アレクセイの遺体が捨てられた魔の森は、帝都ケントルグラードから馬車で二十日ほどかかるところに位置する。その魔の森の周辺は荒地で、人間はほぼ住んでいない。時折、魔獣が出没することがあるらしく、魔の森の東西南北の四か所に魔獣討伐専門の騎士団の駐屯地が置かれていた。

「僕は捨てられたけど、パイはどうして魔の森に住むようになったの？」

洞窟で食事の用意をしているパイに、アレクセイは話しかけた。森から取ってきたヒカリフキのスジをとっている手を休めることなく、彼女は答える。

「オラは、貧乏で飯もまともに食えんような村に生まれただ。生まれたときから緑色でぶよぶよしてたから、家族には迷惑かけちまっただよ。小せえころは、まだ薄い緑色でな、皮もここまでぶよぶよしてねかったんだけどさ、大きくなっていくと段々色も濃くなって、スライムみたいになってきてな。オラのせいで、家族が村八分になりそうになったから、十二になったとき、村から出たんだ」

「一人で？」

「んだ。ナイフだけ持って出て行ったたよ。オラ、バケモンだから、人がいないところに行こうと思っただ。そしたら、この森に着いたんだっぺ」

アレクセイは、それはそうだろうと納得する。魔の森周辺には人は住まない。というか、住む環境に適していないと彼は習った。彼女がもともといた村は、恐らく魔の森にそれほど遠くない集落で、貧しい村なのは作物があまりとれない痩《や》せた土地だったせいだろう。

「動物はええ。オラを怖がらんし、どんな動物でも、言っていることが大体分かるだ」

彼女は魔獣と動物の違いが分からないが、それらと意思疎通《そつう》ができるらしい。

「それにな、賢い動物たちは、オラと話ができるんだっぺ。グリフォンっていう動物は特に賢いんだべ。オラよりもずっとな。だから、オラ、グリフォンのぐりちゃんに色々と教えてもらっただ。でもな、この間婿《むこ》さん探しに、この森から出て行っただ」

「グリフォン!?」

アレクセイが知るグリフォンは、幻の魔獣だ。見たことのある者はほぼいないとされている。

「知ってるのけ？　最初はぐりちゃんがグリフォンっていう動物って知らなかったたよ。グリフォンっていうのも、ぐりちゃんから教えてもらっただ」

「グリフォンって賢いんだね」

彼女は笑顔を見せる。といってもぶよぶよの皮膚で覆われた顔の表情は見えないが、笑顔であることは、アレクセイには分かった。

「パイはここに住み始めて何年になるの？」

「十年くらいだっぺかな？」

「十年もひとりぼっちだったの……」

アレクセイには十年間一人で過ごすという日々が想像できなかった。彼女は食材の下ごしらえをしていた手を休めて、アレクセイの頭を撫でる。

「オラ、ひとりぼっちじゃないっぺよ！　オラ、母ちゃんになっただ。沢山《たくさん》子供たちができただよ！」

彼女の言う子供たちは魔獣のことだろう。

「それにな、村での暮らしよりずっとええ。誰もオラのこと嫌わん」

そう言うと、彼女はアレクセイをじっと見つめた。といっても、目も皮膚で覆われていて瞳の色も分からないのだが。彼女は何かを言いたそうにしているが、黙ったままだ。

「どうしたの？」

アレクセイが首を傾《かし》げると、彼女はおどおどと声を出した。

「ハ、ハムちゃんもオラの家族になってくれるか？　オラ、バケモンだけど、ハムちゃんの嫌なことはせん！」

アレクセイは、彼女が自分を家族として求めていることを知った。そして拒絶されるかもしれないと、恐れていることも。

「いいよ。僕、パイの家族になるよ」

アレクセイが彼女のぶよぶよした緑色の手を握ると、彼女は希《こいねが》うように聞く。

「本当にいいんだか？　オラが家族になっても？」

「もちろんだよ。これからよろしくね」

その返事を聞いた彼女は、宝物のように大事にアレクセイを抱きしめた。


こうして、アレクセイは名をハムと変えて、魔の森で暮らすようになった。

そして日々は穏やかに過ぎていく――。


ある日、アレクセイは彼女とともにキノコや木の実を採りに行っていた。アレクセイは張り切ってキノコを採ってくるが、パイに見せると、どれもこれも毒キノコだと言う。

「ごめん。僕、よく分からなくて」

「ええんだよ。気にするでねえ。こうやってお手伝いしてくれるハムちゃんはええ子だっぺ。でも、ハムちゃんの手が大丈夫でよかっただ。このキノコは、触るだけで火傷《やけど》するんだっぺ」

「そうなの？」

彼女は真面目《まじめ》な顔をして頷いた。

「んだ。キノコのことはおいおい覚えていくといいっぺ」

「ねえ、パイはどうして、そんなにキノコ、ううん、キノコだけじゃなくて、ここの植物に詳《くわ》しいの？」

魔の森の植生は普通ではない。アレクセイが図鑑で見たことのない植物が多く存在する。

「子供たちが教えてくれるっぺ。それは不味《まず》いとか、毒があるとかな」

「そうなの」

パイの答えが、幼いアレクセイには面白くなかった。自分が魔獣よりも役立たずな気がしたのだ。

「僕、パイがキノコを採り終わるまで、ここで待ってるよ」

少し不貞腐《ふてくさ》れてそう言うと、彼女はアレクセイの頭をよしよしと撫でた。

「分かっただ。オラ、すぐに集めてくるから、いい子で待ってるだよ」

彼女の背中を見送った後、アレクセイは枝を拾って、地面に落書きを始める。殺されるまでは、毎日長時間勉強漬けで、遊ぶ時間などなかった。そんなことを思い出しながら、せっせと地面に絵を描く。夢中になって描いていると、地面に影ができた。アレクセイが顔を上げると、パイがキノコを籠いっぱいに入れて立っている。

「パイ、お帰り」

アレクセイの機嫌はすっかり良くなり、彼女に笑顔を向けた。

「ただいま。ハムちゃん、これ、ハムちゃんが描いただっぺか？」

アレクセイが夢中になって描いた絵は、自分と彼女が手を繋いでいる姿だ。彼女が大好きな星形の花も沢山描いた。そこに『僕とパイ』と文字も書き添えている。

「うん、そうだよ。僕とパイの絵を描いたんだ」

そう答えると、彼女はひどく喜んだ。

「これ、オラとハムちゃんだっぺか？　うめえな！　すげえ絵がうめえんだな！　下にあるのは文字だっぺか？　なんて書いてあるだ？　ハムちゃんは字が書けるだな。すごいっぺ。賢いっぺ！　オラの村で字が読めるのはおらんかった。村長さんでも書けんから、離れた隣町の偉い人に頼むって聞いただよ」

「え？　我が帝国では識字率が他国より高いと習ったよ？　人口の半分が読み書きができるって。識字率をあげることによって、国力が増し、人々の格差はなくなると教えられたけど。パイの言ってることは本当なの？」

「オラには難しいことは分からん。村には字を読めるもんも書けるもんもおらんかった。文字は読めた方がええんか？」

彼女は不思議そうにアレクセイを見つめる。

「それはそうだよ。文字が読めなければ本も読めないし、本が読めなければ学ぶことも難しいでしょ」

「そうなんだっぺな。オラ、よく分からん。でもハムちゃんがすげえ賢い子だってことは分かったっぺ」

そう言うと彼女はアレクセイの頭をよしよしと撫でる。アレクセイは本当に大したことないのにと呟きつつも褒《ほ》められて嬉《うれ》しかった。

今まで厳しい教育を受けてきたが、褒められることは一切なかった。それどころか、さらに努力しろと言う。たった六歳なのに、アレクセイはすでに高等教育機関であるアカデミーに入れるくらいの教育を施されていたが、一問でも問題を間違えると、鞭《むち》でふくらはぎを叩かれていた。

「大したことないよ、大げさだな、パイは」

「んなことないっぺ！　すげえなあ、ハムちゃんは。めんこい上に頭もええ。ハムちゃんは天才だっぺ！」

「もう、本当にどうってことないのに。誰でも学べば書けるよ。パイだって書ける」

彼女は皮膚で覆われてほぼ隠れてしまっている目を見開いた。

「ほんとだっぺか？　オラも字が書けるようになるだべか？」

アレクセイは微笑んだ。

「うん。これから少しずつ字を教えるよ。ここには紙もペンもないから、地面に枝で書くことになるけど」

「十分だっぺ！　ありがとうハムちゃん。うんにゃ、こういうときは先生って言うんだっぺな。ハム先生！」

「やめてよ、ハムちゃんでいいよ」

アレクセイは、ただ世話をしてもらい、守られるだけの存在ではなくなったことを心から喜んだ。

アレクセイが魔の森に捨てられて、三年の歳月が流れた。彼からパイと呼ばれている女性の身体はさらに濃い緑色になり、皮膚はドロドロになっていたが、アレクセイはそんな彼女の肌を好きだと言って、よく触る。

「ハムちゃんは、変わりもんだっぺなあ」

「そんなことないよ。ぶよぶよして気持ちいいよ？」

「そうけ、そうけ！」

彼女はそう笑うと、アレクセイをひょいっと抱き膝の上に乗せた。

「もう僕、大きいよ！　九歳なんだよ？」

「まだまだ、子供だっぺ」

アレクセイはそう言いつつも、彼女の膝の上が好きだった。誰も抱きしめてくれなかった冷たい宮殿にいるよりもずっと幸せだと、今の生活を幸福に思う。

アレクセイは魔の森で彼女と出会って、初めて家庭を、愛を、知ったのだ。

「初めは怖がってたウサちゃんとも、フクちゃんとも、トラちゃんとも仲良くなれただ。ハムちゃんは、よおく頑張ったっぺ！」

魔の森に住むようになった当初、アレクセイは三つ目赤熊に食い殺されたことから、魔獣が恐ろしくて堪《たま》らなかった。

しかし、彼女がアレクセイのいないところで魔獣たちと仲良くしているところを見て、一年かけて二角ウサギや、火吹き大フクロウといった比較的小さめの——といっても人間からすると十分大きいのだが——魔獣に近づけるようになった。そしてさらにもう一年かけて、彼らと友人関係を築けるようになったのだ。ただし、三つ目赤熊を除いてだが。

「それにしても、パイの名付け方って、適当だよね」

「そうか？　オラ、いい名前だと思ってるだけんど」

「いや、二角ウサギだからウサちゃんって。というか、二角ウサギは全部ウサちゃんって呼んでるよね？」

「ニカクちゃんの方がよかったけ？　うんにゃ、丸々しているから、マルちゃんってのもええな」

「普通にドミトリーとかターシャとか付ければいいんじゃないの？」

何気ない提案だったが、彼女は悲しげな顔をした。もっとも、皮膚がスライムのようになっているので普通の人にはその表情は分からないだろう。

「……オラ、村で暮らしていたときに、人の名前さ呼ぶと怒られてただ。呪われるって言われてな。だから、なんとなく人間の名前は付けられなかっただ。めんこいオラの子供たちが呪われたらかわいそうだっぺ」

アレクセイは彼女が以前住んでいた村でどのような扱いを受けていたか、詳しく聞いたことがなかった。彼女自ら村から出てきたという話をしてくれたときに、見た目ゆえに居づらくなったのだろうとは思っていたが、自分の想像以上に辛《つら》い思いをしていたことを垣間見《かいま》て、アレクセイは行き場のない怒りを感じる。

「そんなことない！　パイは誰よりも優しいよ！　僕はパイが大好きだよ！」

「ありがとな。でも、村の人はオラが呪われたバケモンだから呪われるって言ってただよ」

「そんなの単なる臆病者の戯言《たわごと》だ」

「ハムちゃんは難しい言葉よく知ってるっぺな。タワゴトがなんか分からんが、怒ってくれてありがとな。オラ、幸せだっぺ」

彼女は膝の上に乗せていたアレクセイを宝物のように大切に抱きしめた。

アレクセイは彼女の腕の中で、優しい彼女を差別し、悲しませた村人たちを激しく憎んだ。そして宮殿で冷遇された上に殺害された自分を彼女の境遇と重ねてしまう。

「どうしたんだっぺ？　ハムちゃん」

「……」

「オラ、今はすげえ幸せだっぺ。だから、村でのことはええんだ。仕方がねえことなんだっぺ。オラの見た目がバケモンなんだもんな。家族はそれでもオラを捨てずに家に置いてくれてただ」

「……でも、名前すら付けてくれなかったんでしょ？」

彼女は頷いた後、笑顔を見せた。

「ええんだ、もう。今のオラにはハムちゃんがいるっぺ。オラにはめんこくて、賢くて、優しいハムちゃんがいるっぺ！　だからもう、ええんだ」

アレクセイは彼女にしがみ付いて泣いた。

「ど、どうしたっぺ？　ハムちゃん？」

突然泣き始めたアレクセイにオロオロしながらも、彼女はぎゅっと抱きしめた。

「ハムちゃんが、ここに来たときみたいだっぺ。あんときはよく泣いてたっぺな。なあ、どうしただ？　ハムちゃん」

「パイは、それでいいの？　村の人や家族を恨んでないの？」

「仕方がなかったんだっぺ。恨んでも、どうにもならねえだ。オラ、魔の森でハムちゃんと一緒にいられるだけで、本当に幸せだっぺ。昔のことはどうでもええ」

「僕もパイみたいになりたい。優しい人間になりたい。でも僕の中の憎しみは消えない」

「よく分かんねえけど、オラは今のままのハムちゃんが好きだっぺよ」

「僕はまだ悔しいよ。許せないよ」

「いいんだっぺ。ハムちゃんはそれでいいんだっぺよ。オラはどんなハムちゃんでも、大好きだっぺ。悪い山賊でも大好きだっぺよ」

「……僕、山賊になんかならないよ」

アレクセイは、涙を拭《ぬぐ》う。

彼女が無条件でアレクセイを愛してくれていることを知ったアレクセイは、このままずっと魔の森で彼女と一緒に幸せに暮らしたいと思った。

しかし――。アレクセイが永遠にこの日々が続くことを願った次の瞬間、急に空が暗くなった。すると、彼女が覆いかぶさるようにアレクセイを強く抱きしめる。

「ハムちゃん！　ハムちゃん！　森の生き物たちがおかしいっぺ。なんか変だべ！　どうしたんだっぺ!?」

アレクセイがパイの腕の中から空を見上げると、多くの有翼魔獣が北に向かって飛んで日を遮《さえぎ》っていた。そして、地響きを立てながら多くの魔獣たちがやはり北に向かって走っている。

パイが子供として可愛がっている魔獣たちが、彼女の服を引っ張った。

「おめたち、どうしたっぺ？　なんかあんのか？」

「パイ、どうしたの？　みんなどうしたの？」

「……こっから逃げろって。北に逃げろって言ってる。ハムちゃん、オラたちも逃げるだ！」

彼女はアレクセイと連れ立って、魔獣たちが向かっている北に進む。二人は、途中で猛毒虎の背中に乗せてもらった。

「何があったの？　どうしてみんな、逃げてるの？」

「分かんねえだ。ただ、北に向かえって、みんな言っているだ」

「みんなって？」

「ここらにいる魔獣みんなだっぺ」

アレクセイは宮殿で暮らしていたときに読んだ本の中にあった、動物の野生の勘という言葉を思い出す。その本には、大災害の前に動物たちが住処《すみか》から逃げ出すことがあると書かれてあった。

「パイ、きっと大きな災害が来るんだよ。その前に逃げなきゃね」

「そりゃ大変だっぺ！」

「うん、でも僕、パイとならどこでも平気だよ」

「オラもハムちゃんがいれば、何もなくても幸せだっぺ」

魔の森の北側ぎりぎりまで進むと、魔獣たちはぴたりと足を止めた。

「もう大丈夫みてえだ」

猛毒虎の背中から降りてアレクセイが辺りを見渡すと、魔の森にいる魔獣全てが集まったのではないかというくらいに沢山の魔獣がいた。

「パイ、すごいね。こんなに魔獣いるんだ」

「本当だっぺな。みんな助かるといいっぺ。オラたちもな」

二人がもう大丈夫だと安堵したちょうどそのとき——

爆音とともに目を開けていられないほどの光が辺り一面に放たれた。アレクセイはパイに庇《かば》われるように抱きしめられる。

光が収まったあとアレクセイが彼女の腕から抜け出すと、空にいたはずの魔獣たちはおらず、鮮やかな青空が見えた。

そして、目線を下に向けるとおびただしい数の魔獣が倒れており、パイが可愛がっていた魔獣たちもその中にいた。彼女もそれに気づいたようだ。

「トラちゃん、ウサちゃん、フクちゃん、どうしたっぺ？」

彼女が近づいて魔獣たちを揺さぶる。

「……！」

魔獣たちは死んでいた。倒れている魔獣たちは全て息をしていないようだ。

彼女は振り返り、アレクセイに声をかけた。

「ハムちゃんは大丈夫か？」

「う、うん」

「何があったんだべ……。とにかくここから逃げねえと。ハムちゃんはオラが守る！　心配はいらね。大丈夫だからな」

我が子として可愛がっていた魔獣の死にショックを隠せない様子だが、パイはアレクセイの手を強く握りしめた。

「こっから逃げるっぺ。元の場所に戻るだ。オラ、絶対にハムちゃんを守る！」

アレクセイが彼女に手を引かれながら歩いていると、背後から大勢の足音が聞こえてきた。

「……なんの音だっぺ？」

すぐ近くに迫ってくる音に、パイは戸惑っている。これだけ多くの足音を聞いたことがないのだろう。そもそも人間の足音だとすら分かってないようだ。

「パイ、この足音は……」

アレクセイが久しぶりに聞く靴の足音だ。それも数十人ではない。おそらく数百人はいるだろう。

「パイ、人間が来るよ。それも沢山の人間が」

「どういうことだっぺ？」

「……分からない。もしかしたら、僕を殺しにきたのかもしれない」

彼女はアレクセイの手を強く引っ張った。

「ハムちゃん、とにかく逃げるっぺ！」

しかし、逃げる間もなく、アレクセイたちは剣や槍《やり》を持った騎士たちに囲まれたのだった。

「帝国騎士団だ」

アレクセイは呟いた。

「ハムちゃんは、オラが、オラが、守る！」

騎士たちに囲まれている彼女は、震えながらアレクセイを抱きしめた。魔獣をまったく怖がらない彼女だが、人間は恐ろしいようだ。それでも、必死に騎士たちからアレクセイを守ろうとした。

「魔獣は聖なる光によって殲滅《せんめつ》したはずなのに、なぜこの魔獣は滅していないんだ！」

一人の若い騎士が彼女の姿を見てそう叫ぶと、彼女はより一層力を込めてアレクセイを抱きしめる。

アレクセイは彼女の腕の中から、騎士たちの様子を見ていた。目的はなんだろうかと。

すると髭《ひげ》を蓄えた壮年の騎士が近づいてきて、まじまじと彼女を上から下まで見る。

「聖なる光でも殺せない魔獣がいるとはな」

そう言うと、その騎士は剣を抜き、二度振り下ろす。

あっという間の出来事だった。

彼女の緑色の両腕が肩の付け根からぼとりと落ちた。その腕の中にいたアレクセイを全く傷つけることのない剣捌《さば》き。

アレクセイと腕を失《な》くして倒れたパイは、あっという間に騎士たちに囲まれた。

そして現状が理解できずに、呆然《ぼうぜん》と彼女の隣に座り込むアレクセイに、剣を振った騎士が膝をつく。

「殿下、お迎えに参りました」

殿下と呼ばれて、アレクセイは我に返った。

「パイに何をするんだ！」

アレクセイは座ったまま、彼女を庇うように手を広げて目の前の壮年の騎士を睨《にら》むが、彼は怪訝《けげん》な顔をする。

「殿下。魔獣に名前を付けたのですか？」

「何を言ってるの！　パイは人間だよ！　僕を助けて育ててくれた人間だよ！　なんでこんなことするの⁉」

アレクセイは泣きながら訴えた。

「殿下。たとえ魔獣でなくとも、このような醜い容姿とあらば、人間ではありますまい」

アレクセイは、その言葉に激しい怒りを爆発させる。

「パイを傷つけるな！」

アレクセイは彼女の側《そば》で泣き叫び、その身体のうちに封印されていた魔力を自ら解放し暴走させた。

そして、周囲にいる騎士たちをその暴走させた魔力によって次々と吹き飛ばす。

「パイ！　パイ！　死んじゃやだ！」

血塗《ちまみ》れで仰向けになって倒れている彼女の胸にしがみついた。

「……泣くでねえ……ハムちゃん……ああ、もう一度抱きしめたかっただ……」

「やだ、死なないで！」

「ハムちゃん……ハムちゃん……ありがとな……」

両腕を失くした彼女は、大量の血を流しそのまま息を引き取った。

「あああああ！　パイ、パイ、パイ……！」

最期に笑って死んだ彼女。

アレクセイは強く祈った。彼女を蘇らせてほしいと。

自分を生き返らせた力で彼女を救えるものならば、救いたかった。

するとアレクセイは母親から与えられた不死の加護が彼女に移されていく感覚を覚える。しかし、彼女が息を吹き返すことはなかった。

「僕の命をあげる。全部あげるから、生き返ってよ！　お願い、生き返ってよ！」

彼女の遺体にしがみついて離れないアレクセイは、魔力をさらに暴走させ森の木々をなぎ倒す。

アレクセイの魔力によって魔の森のおおよそ十分の一が更地になった後、彼は魔力が枯渇して意識を失うまで彼女の名を呼び続けた。

「パイ、パイ、パイ……」


次にアレクセイが目覚めたとき、そこは彼女と過ごした魔の森の中の洞窟ではなく、ベッドの上だった。

「ご気分は如何《いかが》ですか？　殿下」

綺麗に禿げ上がった頭をした中年の男が、アレクセイに声をかけた。

「パイは？　パイはどこ？」

アレクセイが囁《ささや》くような小さな声で聞く。身体が鉛のように重く、声も出すのがやっとの状態だ。

「……殿下。ここは帝都郊外にあります宮殿でございます。私のことを覚えておられますか？　殿下がご幼少のみぎりに私の頭をペチペチと叩かれたのですが」

アレクセイは光る頭を思い出し、小さく頷く。

「ゲオルギー・バザロフです。今は宰相を任されております」

アレクセイはゲオルギーに返事をすることなく、視線をあちらこちらに向けた。部屋には十名ほどの大人がいる。その中に、魔の森でアレクセイに膝をついた騎士を見つけた。

「パイは？　パイはどこだ」

アレクセイがベッドに横たわったまま、くだんの騎士を睨みつける。

「パイに、パイに会わせろ……」

小声で『パイ』と言い続けるアレクセイに、宰相ゲオルギーが話しかける。

「殿下、あの騎士は帝国黒騎士団のアバルキン団長です。彼は殿下のおっしゃる『パイ』を知っているのですね？」

アレクセイがゲオルギーの問いに頷くと、ゲオルギーはアバルキン団長と呼んだ男に尋ねた。

「私には報告が上がっていませんでしたが。どういうことですか、帝国黒騎士団団長ドナート・アバルキン殿」

ドナート・アバルキンと呼ばれた騎士は、眉根を寄せてゲオルギーに答える。

「宰相閣下。報告するまでもないことだと判断したからです」

「それは、貴殿が判断することではありません。今回の指揮は私が執っているのですから」

「……殿下のおっしゃるパイというのは、人ならざるものです。殿下を捕らえていたので、殺しました」

その言葉を聞いて、アレクセイは動かない身体を震わせ、涙を流した。

アレクセイは絶望した。自身が三つ目赤熊に二回殺されたときよりも、深い深い絶望だ。

「……なぜ殺した」

「魔獣だと判断したためです」

「僕を助けて育ててくれた人間だ。パイは誰よりも優しい女性だ」

「申し訳ございません。人間の容貌をしておりませんでしたので」

「パイは人間だ。僕の命の恩人だ。僕はおまえたちを赦《ゆる》すことはない。決してない」

怒りで爆発しそうなのに、まったく力の入らない身体にアレクセイは苛立《いらだ》ち、悔しさのあまり涙が止まらない。宰相ゲオルギーはアレクセイの部屋にいた者たちを退出させた。そして二人きりになったところで、ゲオルギーはアレクセイに静かに語りかける。

「殿下、此度《こたび》のことは、突然のことで大変驚かれたでしょう。殿下の救出に至るまでの経緯は、殿下がお元気になられてからお伝えします」

アレクセイは今は何も聞きたくないのに、そんな彼の気持ちにはお構いなしとばかりに、ゲオルギーは話す。

「そして、殿下を助け世話をしてくれたパイなる者のこと、申し訳ございませんでした」

アレクセイはゲオルギーと顔を合わせぬようそっぽを向くが、彼は淡々と続ける。

「しかし、大切な者を守れなかったのは殿下のお力不足です。殿下が強ければ、こうはならなかったのです。パイという者も亡くなることはなかったのです。すべて殿下が弱かったせいです」

その言葉はアレクセイを酷《ひど》く傷つけた。

自分が弱かったからパイが死んだのだと。

アレクセイは己の無力さを恨み、パイを殺した帝国の人間たちを憎んだ。


それからの彼は、誰よりも学び、鍛錬をし、そして権力を得ることに執着するようになった。

一方、アレクセイからパイと名付けられた女性は、彼から加護を受け取ったときにはすでに肉体は死んでいたため、魂と記憶を持ったまま新たな肉体を与えられる。不死の加護は、転生という形で昇華された。

パイの魂は、ある一人の女性の胎内に芽生えた新しい命に宿ったのだった。

第二章

寡黙な美姫エレオノーラ

A SILENT LADY & COLD EMPEROR

パイの魂が覚醒したのは、生後しばらく経《た》ってからだ。

物音ひとつしない静かな部屋に、彼女は寝かされていた。彼女の目に映るのはぼやけた天井だけ。

（オラは死んだはずだっぺ……）

一人で天井と睨《にら》めっこしていると、若い女たちが部屋に入ってきた。

「エレオノーラ様、お目覚めになったのかしら？」

「本当に大人《おとな》しいお嬢様よね」

彼女たちの声が静かな部屋に響く。

「おしめが濡《ぬ》れてますね。さあさ、おしめを替えましょう」

（エレオノーラ？　オラの名前はパイだっぺ。ハムちゃんが付けてくれた大切な名前だっぺ）

よく分からない状況に理解が追いつかない彼女だが、おしめを替えられ、乳母《うば》に乳を含まされると、意識を簡単に手放した。

赤ん坊になった彼女は、普通の赤ん坊と同じように日中の大半は寝ており、目覚めているときは乳を飲み、排泄《はいせつ》をするだけだった。そんな日々の中でも、わずかに思考する時間で、どうやらエレオノーラと呼ばれる赤ん坊に生まれ変わったことに思い至る。

しかし、彼女は自分が転生したことについて特に疑問に思うことはなかった。彼女は前世で、自分が大変な物知らずだと思っていたので、この状況を簡単に受け入れてしまったのだった。

(世の中は、オラの知らないことだらけだっぺ。きっと生まれ変わる人間もいるんだべさ。たまたまオラも生まれ変わったんだっぺ。それにしても、新しい名前はえらく長え名前だべ)

魔の森でハムちゃんにパイと名付けられた彼女は、ウィリデス帝国のプルプレウス公爵家の長女エレオノーラとして新たな生を授かった。

(それにしても、オラ、驚いたっぺよ! 生まれ変わったのもそうだけどもさ、こんな立派な寝床に寝れて、綺麗《きれい》なべべ着たおなごに面倒みてもらって……。オラ、姫さんにでもなった気分だっぺ。でもな、オラ、ハムちゃんに会いたいだ。ハムちゃん、ハムちゃん! オラのハムちゃん! ハムちゃんは元気かな。ハムちゃんはどうしてるっぺ。一人で泣いてねえかな)

前世と比べると、とんでもなく恵まれた赤ん坊に生まれ変わったが、ハムちゃんのことを思うと切なくなり、会いたくて堪《たま》らなかった。

しかし、赤ん坊になってしまった彼女の思考は長く続かない。

そんな彼女が起きているわずかな時間で考えたことは、前世のように人に疎《うと》まれ嫌われたくないということだった。以前の生で彼女を愛してくれたのは動物や魔獣、そしてハムちゃんだけだ。人という生き物は、自分たちと異なるという理由で簡単に差別することを身をもって知っている。ゆえに、彼女は前世の記憶を持っているという普通ではないことを、誰にも悟られまいと決意した。

（よし！　オラ、なあんも知らねえ赤ん坊になるっぺ。パイだったことは誰にも言わねえだ）

そうして、彼女は無垢《むく》で何も知らない赤ん坊のように振る舞うことにした。しかし、乳母をはじめとした世話係の者たちの手を煩《わずら》わせるのも気が引けて、泣くのもぐずるのも遠慮してできない。

「本当に綺麗な赤ちゃんだけど、大人しすぎて気味が悪いわ」

「そうねえ。でも、手がかからなくて楽じゃないの」

エレオノーラを世話する若い世話係たちのお喋《しゃべ》りを聞いて、もう少し泣いた方がいいかもしれないと彼女は考えるが、そのタイミングを計りかねていた。おしめは濡れていないし、腹も減ってない。満たされているのだ。

「エレオノーラ様って本当に人形みたい。美しすぎて怖いわ」

「紫色の目なんて珍しいわよね」

「ええ。でも髪の毛は奥様と同じ金色ね」

（そうか、オラは紫色の目で金色の髪の毛をしてんのか。誰もバケモンって呼ばねえ。ちゃあんと名前を呼んでくれる。エレオノーラ。これがオラの新しい名前だっぺ。でもパイという名前の方がオラは好きだ。ハムちゃんが付けてくれた大切な名前だっぺ）

両親と会ったのは、数えるほどしかない。エレオノーラはそれを寂しいと感じることはなかった。前世でも親の愛を知らなかったので、特に思うところがないのだ。

（飯が食えるようになったら、ハムちゃんが好きだっていうパイってのを食うぞ。もちろん、ハムちゃんのハムもだ！　オラ、楽しみだっぺ！）

エレオノーラは、そうしてまた眠りに落ちるのだった。

エレオノーラは、一歳を過ぎてから言葉を発した。彼女の前世の記憶から、そろそろ何かを言ってもいいだろうと判断した結果である。

「パイ」

人形のようだと気味悪がられていた大人しい赤ん坊であるエレオノーラが、にこにこと言葉を口にすると、乳母や世話係たちは頬を染めて目を細める。

そして、一人の世話係が可愛い、可愛すぎると彼女を抱っこする。

（オラ、早くパイってえのを食いたいっぺ！）

「パイ、パイ！」

エレオノーラは、パイを食べたいと訴えるが、その願いは叶《かな》いそうにもなかった。乳母は顔を横に振って、授乳はしないと言うのだ。

「エレオノーラ様。もう大きくなったから、お乳は飲みませんよ。さあ、あと少ししたらご飯にしましょう。美味《おい》しいシチューに浸《ひた》したパンを食べましょうね」

「パイ、パイ！」

それでも必死にエレオノーラはパイと連呼するので、乳母は困った顔で、胸を触って手を横に振るジェスチャーを交えて話す。

「おっぱいは、もう、ないない、ですよ」

(ちがうだ！　乳のことじゃねえだ！　パイっていう食いもんのことだっぺ！　くそう、伝わらねえだ。……よおく考えたら、赤ん坊だから、オラがパイっていう食いもんのこと、知っているはずがねえだ)

エレオノーラは食い意地が張りすぎて、赤ん坊がパイという食べ物を知っているはずがないことに意識が及ばなかった。

(オラ、バカだっぺ！)

彼女は赤ん坊らしくない難しい顔を見せて、浅はかな行動に出たことを深く反省するのだった。

それからしばらくして、一人で歩けるようになったころ、彼女は少し長めの文を口に出す。

「はらへっただ」

彼女はごく普通の子供の成長過程をなぞり、お喋りをする時期を見計らっていた。

そんな、エレオノーラが満を持して発した言葉は、空腹を訴えるものだった。しかし、世話係たちには伝わらない。

「あらあら、エレオノーラ様。お喋り、お上手ですよ」

褒《ほ》められて気分を良くした彼女は笑顔で答える。

「んだ！　はらへっただ！」

「うふふふ、不思議な言葉ですね。ハラヘッタダ？」

「んだ！　んだ！　はらへっただ！」

にこにこして何度もハラヘッタダという言葉を言うエレオノーラに、世話係たちは困惑した様子を見せはじめる。エレオノーラも、なぜ伝わらないのかと不思議に思う。

「はら、へっただ」

そして、何度も同じ言葉を繰り返すエレオノーラは、世話係たちから玩具《おもちゃ》を与えられたのだった。

（くそお、伝わらねえだ。なんでだっぺ？）

その後も、エレオノーラは世話係たちに話しかけるも、彼女たちに理解してもらえることはほとんどなかった。

「エレオノーラ様って、なんだか不思議な言葉を喋るのよね」

「不思議な言葉って？」

「ああ、あなた新入りだものね。エレオノーラ様の言葉、誰も理解できないのよ。本人は何か意味ありげに喋ってるつもりみたいだけどね」

一人の世話係が肩を上げて、お手上げといった様子を見せる。

「エレオノーラ様、初めまして」

新たにエレオノーラにつけられた世話係が挨拶をする。小さな子供用のソファに座っていたエレオノーラは、立ちあがって挨拶をした。

「オラ、エレオノーラだっぺ！」

そう元気よく言うと、挨拶をした世話係は目を丸くする。

「なんで、公爵家の御令嬢がこんなに言葉が訛《なま》ってるのっ⁉」

この彼女の一言で、エレオノーラの言葉が訛りに訛っていることが発覚した。今までの世話係がエレオノーラの言葉が訛っていることに気づかなかったのは、田舎《いなか》言葉を聞いたことがなかったためらしい。彼女たちは帝都生まれの帝都育ちで、田舎者と接したことがなかった。この新たに来た世話係は、辺鄙《へんぴ》な田舎出身だとのこと。

そして、エレオノーラも、自身の言葉が訛っていることを初めて知ることになった。ハムちゃんが喋る言葉は、自分と少しだけ違った気がしていたが、まさか自分の言葉が訛っているとは思いもしなかったのだ。

そして、訛った言葉を話しているとは露ほどにも思っていなかった世話係たちは、どうしたものかと話し合い始めた。

「どうする？　これって私たちのせいにならない？」

「え、どうしてそうなるのよ。誰も訛った言葉教えたわけじゃないのに」

「でも、お世話をしてるのは私たちよ」

「……黙っておきましょう。私たちはじきにお世話係から外されるもの。侍女様や家庭教師の先生方がつくでしょう？」

「そうね。エレオノーラ様に旦那様も奥様もご興味ないし」

「ええ。私たちは知らないってことにしましょう」

どうやら世話係たちは、エレオノーラの訛った言葉については見て見ぬ振りをすることにしたようだ。しかし、エレオノーラ自身は、自分の言葉のどこが訛っているのかよく分からなかった。彼女たちの言葉遣いはハムちゃんのそれによく似ているが、自分の言葉遣いとそんなに変わらない気がするのだ。ゆえに、エレオノーラは自身の訛りがある喋り方に関して、気にすることはなかった。

エレオノーラの世界は狭かった。帝都にある公爵家のタウンハウスの本館の一室で過ごし、たまに乳母車で散歩に出かける。己の足で歩けるようになっても、外でこけたら面倒だと歩かせてくれない。そんなエレオノーラの楽しみは絵本を読んでもらうことだった。前世ではハムちゃんに字を教えてもらっていたが、本というものを見たことも触ったこともなかったので、初めて絵本に触れたとき、それはそれは喜んだ。その姿を見た世話係たちは、エレオノーラに絵本を読み聞かせるようになり、エレオノーラも文字を習得していった。

そうして、パイからエレオノーラに生まれ変わって二年と少しが過ぎた初秋。

エレオノーラの母エミーリアが病に倒れた。

「母ちゃんが、病気だって？」

「はい、エレオノーラ様。一度お見舞いに行ってくださいませんか」

エレオノーラの部屋にやってきたのは、母付きの侍女だった。

「もちろんだっぺ。母ちゃん、そんなに具合が悪いんだべか？」

「……この言葉遣いは？」

母付きの侍女が、エレオノーラの世話係たちに目を向ける。そのうちの一人が頭を下げながら、誰も教えてないのに何故かこの言葉遣いをしている、と必死になって弁解したが、納得できるものではなかった。首を横に振りため息をついた母付きの侍女は、エレオノーラに向き合う。

「早めに淑女として、礼儀作法を学びましょう」

エレオノーラは自分の言葉遣いのせいで、世話係たちを困らせたことを申し訳なく思い、黙って頷《うなず》いた。

「さあ、奥様のところに行きましょう」

彼女に連れられて行った先は、代々女主人の部屋として使われている部屋だった。重厚な樫《かし》の木でできた扉が開かれると、ふわふわの絨毯《じゅうたん》がエレオノーラの小さな足を包む。歴史のありそうな古く立派な机のある執務室の続きの部屋に行くと、天蓋《てんがい》のある大きなベッドに横たわるエミーリアが目に入った。エレオノーラはエミーリアの下《もと》へ駆け寄る。

「母ちゃん、大丈夫だべか？」

エミーリアは痩《や》せ細り、青白い顔をしていた。

「……」

怪訝《けげん》な顔をして娘を見るエミーリアだが、何かを思い出したのだろう、憎しみの目をエレオノーラに向ける。

「わたくしは、こんな結婚したくなかったのよ。あんな男との子供はいらなかったわ。ああ。あの忌々《いまいま》しいお義母《かあ》様と同じ顔なんて見たくない。この子を部屋から出してちょうだい！」

ヒステリックに叫ぶ母親を見て、エレオノーラは心底同情した。

（オラの顔はお姑《しゅうとめ》さんに似てるんだな。知らなかっただ。母ちゃん、かわいそうだっぺ。よっぽどひどい嫁いびりをされてたに違いねえだ。オラが生まれた村でも、意地悪婆さんいたべ。お嫁さん、陰で泣いてたっぺな）

「オラ、もう帰るだ。母ちゃん、ゆっくり寝てけろ」

それだけ伝えると、エレオノーラは侍女とともに部屋を去った。

これが現世における母親との最後の別れとなる。

その年の晩秋、エミーリアは亡くなった。

葬儀で久しぶりに会った父親は特に悲しそうにしておらず、亡くなった母にとって、この結婚生活が幸せではなかったことをエレオノーラは知る。

(母ちゃん、まだ若かったのに、かわいそうになあ)

エミーリアが好きだったという薔薇《ばら》を棺《ひつぎ》に納めると、エレオノーラは涙を一粒落とした。

(母ちゃん。母ちゃん。オラの母ちゃん。母ちゃん、オラ、お姑さんに似てて、ごめんな。母ちゃん、天国で幸せになってけろ)

エレオノーラはエミーリアの冥福を祈り、娘として何もできなかったことを悔やんだ。


そして、エミーリアの葬儀から一か月も経たないうちに、父ドミトリーは満面の笑みを浮かべて後妻のアンナとその娘ソフィアを屋敷に連れてきた。まだ悲しみに暮れていたエレオノーラは呆《あき》れるばかりである。

エレオノーラの気持ちにお構いなしのドミトリーは、彼女に二人を紹介した。

「エレオノーラ。お前の新しい母になるアンナと、そして妹のソフィアだ」

ドミトリーの話によると、継母《ままはは》の連れ子だと思っていたソフィアは、父親の子供であるらしい。つまりは、母が存命中から愛人と関係があったのだ。

エレオノーラは軽蔑の眼差《まなざ》しをドミトリーに向けるも、彼にはアンナとソフィアしか目に入っていない。ドミトリーとアンナは、エレオノーラの存在を無視してぺらぺらと喋るので、どういう関係だったか図らずも知ることができた。

どうやら、継母は父親の昔からの恋人だったが、家格が釣り合わないということで泣く泣く別れたようだ。そしてエレオノーラの母エミーリアを父ドミトリーとの間を引き裂いた悪魔のような女だったと言う。エレオノーラを一瞥《いちべつ》してアンナは悲しげに呟《つぶや》いた。

「私、あの方と同じ髪の色をしたエレオノーラを見ると辛《つら》くなりますわ」

継母アンナの言うあの方とは、亡くなったエミーリアのことだ。

「心配はいらない。これからは、君が私の唯一の妻だ。エレオノーラは別館に移す。私の家族はアンナとソフィアだけだ」

こうして、エレオノーラは別館で暮らすことになった。しかし、あれよあれよという間に、最終的には小さな離れに移される。

ただ、前世の記憶を持つエレオノーラにとっては、離れでの生活は非常に快適だった。幼いころは世話係が日中付きっきりだったが、五歳になるころには通いの使用人のみになり、彼女は一人で自由に過ごせるようになる。

一応は公爵家の令嬢なので、家庭教師はつけられた。家庭教師に学ぶときは別館まで足を運ぶ。そこで待つ教師たちは、アンナの嫌がらせで非常に厳しい指導をする者ばかりが集められていた。

「エレオノーラ様。姿勢を崩すなんてはしたない！」

頭の上に書物を乗せたまま、エレオノーラは食事をさせられる。姿勢だけでなく、笑顔の作り方、さらには指先の動きまで厳しく指導された。学問においても、不必要なまでに専門的なことを教えられる。これは、教師に向かないという太鼓判を押された研究者くずれの者たちが、エレオノーラの家庭教師に選ばれたためである。

しかし、学ぶことに意欲的なエレオノーラは、そのことをいたく感謝した。

（ハムちゃんみてえに、賢くなりてえだ。オラもいっぱい勉強するだ！）

しかし、言葉遣いだけはどんなに矯正《きょうせい》しようとしても直らず、サジを投げた教師は、とうとう自由に喋ることを禁じたのだった。

日常生活においては、十歳を過ぎた辺りで通いの使用人が毎日は来なくなり、十五歳になると、週に二回、食材や日用品、洗濯物を届けるだけになった。しかし、エレオノーラはこの環境に何ら不満はなく、むしろ好きに過ごせることをありがたく思っている。前世の記憶のせいで、やはり人が苦手だったのだ。明らかに悪意を向けるのは継母と異母妹だけだが、その息がかかった使用人たちからの扱いもいいものではない。だからこそ、一人で過ごせる離れでの生活に感謝していた。

人の目がないことをいいことに、離れの近くに作った畑をこっそり耕したり、鳥の巣箱を作ったりと、なかなかに充実した生活を送った。

そんな彼女は成長するにつれ、恐ろしいほどの美貌の持ち主となった。

波打つ金色の髪に、大きな紫色の目を持つエレオノーラが美しすぎる顔で微笑《ほほえ》むと、老若男女問わず皆が頬を染めてしまうため、エレオノーラの離れに行く使用人は、目が悪い者が担当するように指示されるほどである。

日々それなりに楽しく過ごしているエレオノーラは、密《ひそ》かにペットも飼っていた。

「今日は天気がいいっぺなぁ！　いっかくちゃん！」

彼女の住む離れに迷い込んだ一角ネズミが、彼女のペットである。小さいながらもれっきとした魔獣だ。

しかし、家庭教師からは、帝国の魔獣はエレオノーラが生まれる前に全滅したと教えられていた。聖女エカテリーナが魔の森に閃光《せんこう》を放ち、聖なる力によってすべての魔獣を殲滅《せんめつ》したと。この出来事から十か月後にエレオノーラは誕生した。恐らくパイの魂は死んですぐに、エレオノーラの母エミーリアの胎《はら》に宿ったのだろう。

ちなみに、パイとハムちゃんが暮らしていた魔の森は魔獣がいなくなり、今では聖女の名にちなんでエカテリーナの森と呼ばれている。

「……みぃんな、死んじまった。オラも死んじまっただ。ハムちゃんは生きてるかな。生きてでほしいっぺ。うんにゃ、絶対生きてるっぺ！　ハムちゃん、会いたいだ。めんこい、めんこい、ハムちゃん」

エレオノーラは膝の上に一角ネズミを置き、指の腹で背を撫《な》でた。魔獣はこの世からいなくなったとされている。しかし、エレオノーラが飼っている一角ネズミは、彼女の下《もと》に姿を現した。つまりは、魔獣は全滅していないということに他ならないが、彼女はそのことについて深く追求はしない。

「それにしても、なして、魔獣を殺すだべ。みぃんな大人しく魔の森に暮らしてたっぺ」

そもそも魔獣とはなにか。

その生態はよく分かっていないとされている。エレオノーラは、そう家庭教師に教わった。

「魔獣も動物もおんなじだっぺ。なして、殺すだ」

エレオノーラには魔獣を殺す理由が分からない。

人間は自分とは異なるものを恐れ、排除することを知っているが、その理由を理解することはできなかった。

エレオノーラは前世と同じく、動物とも魔獣とも通じ合うことができる。今世でも、人間より動物や魔獣の方が身近で大切な存在だった。


さて、エレオノーラは十七歳になった今、すべての教育を終えていたが、なぜか今も一人だけローマンという名の平民の家庭教師がついている。白髪の偏屈な老人だ。

これも、継母アンナの嫌がらせの一つだったのだが、当の本人であるアンナはこの家庭教師をつけたことをすでに忘れてしまっているらしい。異母妹のソフィアの家庭教師は二十代の伯爵夫人であることから、平民のローマンを家庭教師として雇っているのは高位貴族の常識から外れていた。ちなみに、ローマンは平民ながらアカデミーを首席で卒業した者なのだが、何者にもなれなかった、酷《ひど》く性格のねじ曲がった男である。

彼は糊口《ここう》を凌《しの》ぐために、アカデミーを卒業してから家庭教師として下位貴族や豊かな商人の下で働いていたが、難のある性格ゆえ、どこで雇われてもすぐにお払い箱になっていた。高すぎる知能と不遇な環境のせいで捻《ひね》くれ者になり、貴族も平民も関係なく全てを愚民と見下すローマンだが、エレオノーラの家庭教師だけは解雇されずに続けられている。これもひとえにエレオノーラの素直な性格のお陰だろう。

「エレオノーラ様。人は皆、平等なのです。貴族と平民は同じ人間です。隣国で、人権という言葉が生まれましたが、この国は何も変わりません」

ローマンは、エレオノーラに人間は皆平等であると教える。しかし、エレオノーラはそれをすんなりと受け入れることはできなかった。

「……同じ平民同士内でも差別はあるのではないでしょうか？」

「そうですね。私のように賢すぎると疎まれる。しかし、そんなことは些末《さまつ》なことです。大局を見るのです」

ローマンの言うことはもっともかもしれないが、やはりエレオノーラは納得がいかなかった。彼との授業が終わった後に離れに戻って、一角ネズミに話しかける。

「おんなじ百姓でも、オラの見た目が変だから、家族も村八分にされかけただ。ローマン先生は都会っ子で、貧しい村のことなんて知らねえっぺ」

彼女は差別が階級間のものだけではないことを知っていた。同じ貧農の者同士でも差別は存在する。

「ハムちゃんは、オラがバケモンでも好きだと言ってくれただ。ハムちゃんだけだっぺ」

世の中を知れば知るほど、エレオノーラは前世でハムちゃんと名付けた男の子に会いたい思いが募《つの》るのだった。


ところで、生まれ変わったエレオノーラは前世では縁のなかった魔力を今世では持っている。とはいっても、少しばかりしか魔力はなく、小さな火や、ささやかな風をおこすことしかできない。

より大きな魔力を持つものは魔法騎士や、魔法師といった特別職につける。彼女がもっと大きな魔力を持っていたら、今頃こんなにのんびりと暮らしてはいなかっただろう。魔法を学ぶためにアカデミーに入ることを国から勧められていたはずだ。

「こうやって火が熾《お》こせんの、すんげえありがてえな。魔法ってすごいだ。コップに水を満たすこともできるっぺ。ハムちゃんは、魔力があるけれど封印されてるって、言ってただな。あんとき、オラ、封印って言葉分かんねかったから、ハムちゃんが一生懸命教えてくれただ」

エレオノーラは、日常生活の至るところでハムちゃんのことを思い出す。

「いつか、ハムちゃんの元気な姿を一目見たいっぺ」

前世の最期に見たハムちゃんの姿は、騎士に膝をつかれていた。

「きっと、この国のお偉いさんとこの坊ちゃんだっぺ。……社交界で、いつかハムちゃんに会えるかもしんねえ」

エレオノーラは生まれてからずっとハムちゃんに会いたいと願っていたが、なにせ本当の名前すら知らないので、探すこともままならない。ただ、ハムちゃんの身分は高いだろうから、帝国の貴族に違いないと考えていた。そして幸運なことに、今世では彼女も貴族なので、いつかは会えるだろうと思っている。

しかし、彼女は継母たちのせいで、十六歳になるまで社交界に出ることはなかった。

(人は怖いっぺ。でも、ハムちゃんには会いてえだ)

人が苦手なエレオノーラが初めて夜会に出たのは、異母妹ソフィアの十六歳の誕生日を祝うもので、プルプレウス公爵家主催だった。ちなみに、エレオノーラはソフィアより三か月年上である。

すでにソフィアは社交界デビューしており、夜会にも度々《たびたび》出ていたが、エレオノーラはアンナやソフィアの嫌がらせで、まだ社交界デビューをしていなかった。表向きは病弱という理由で欠席しているが、さすがに公爵邸での夜会にエレオノーラを欠席させるのは、父ドミトリーが許さなかった。

「本当は怖いっぺ。人は恐ろしいだ。でも、もしかしたらハムちゃんに会えるかもしんねえ。オラ、頑張るよ、いっかくちゃん!」

夜会当日。エレオノーラは、一角ネズミにそう話しかけると支度をしてくれるメイドたちの来訪を待った。

そうして、やってきたのはドレスや化粧道具を携えた二人の若いメイドで、彼女たちはエレオノーラを見ると、顔を真っ赤にして固まってしまった。

「……どうかなさったの？」

エレオノーラは首を傾《かし》げて、ゆっくりと令嬢言葉で二人に話しかける。二人はエレオノーラの言葉に反応して、慌てて顔を赤らめて頭を下げた。

「あ、あの、本日のお支度をさせていただきに参りました」

そんな彼女たちにエレオノーラは微笑んで挨拶をする。

「……二人とも初めまして。……今日はよろしくね」

メイドたちは離れに入ると、いそいそと支度を始める。

エレオノーラに用意されたドレスは、質は良いものの非常に古めかしいものだった。幸いにもサイズに問題はない。二人のメイドはエレオノーラにドレスを着せ、髪の毛を結い、化粧を施し始めた。

（く、苦しいっぺ！　コルセットぎゅうぎゅうだっぺ！　まいったぺな。夜会ってのは、うんめえご馳走《ちそう》がたらふくあるって聞いてるだ。でもこんなに苦しいと、ご馳走が食えねえだ！　あ、でも淑女は、いっぱい食っちゃなんねえんだ。なんで、オラ、淑女なんだっぺかなあ）

エレオノーラは食べられないであろうご馳走のことを思い浮かべて、切なげにため息をついた。伏せた目に長い睫毛《まつげ》、憂鬱そうな顔は、とても儚《はかな》げで色っぽく見える。

美しく装われても笑顔一つ見せず、むしろ憂《うれ》えた顔を見せるエレオノーラに、赤毛でそばかすがあるメイドがおずおずと話しかけた。

「エ、エレオノーラ様。何かご不満でもおありでしょうか？」

その問いに、エレオノーラは頭を小さく振る。

「……いいえ。……十分でしてよ」

そう答えると、また黙った。

（オラ、令嬢言葉ってえのは苦手だっぺよ。教えられた通りの言葉を話すのにも、こんなにも時間がかかっちまうだ）

エレオノーラの様子を見て、彼女の支度を初めて担当するメイドたちは、もしかしたらエレオノーラは本館にいる奥様に虐《しいた》げられているのではないかと疑念を持った。彼女たちは、エレオノーラが離れにいるのは、病気のためだと聞かされていたが、どう見ても彼女は健康だし、たとえ病気だとしても、この離れは質素すぎる。平民のような暮らし向きだ。

「あ、あの、エレオノーラ様は、いつからこの離れでお暮らしになっているのですか？」

今まで聞かれたことのない質問にエレオノーラはわずかに驚きつつも、ゆっくりと答える。

「……前夫人である母が亡くなって」

この後、どう説明するかエレオノーラは迷い口を噤《つぐ》む。継母たちに追い出されたといえども、離れでの暮らしにまったく不満はないのだ。むしろ自由に過ごせてありがたく思っている。

返事に迷って目を彷徨《さまよ》わせていると、メイドが勝手に続きを話し始めた。

「エレオノーラ様の御母堂が儚くなり、今の奥様が来られたのですね。エレオノーラ様が前の奥様のお子様だから、ここに追いやられて……。たったお一人で……」

涙ぐむメイドに困ったエレオノーラは、とりあえず名前を尋ねる。

「……あなた方のお名前は？」

赤毛でそばかすのあるメイドはリラ、栗毛色《くりげいろ》の髪の太ったメイドはラリサと答えた。二人とも十八歳らしい。

「……そう、素敵なお名前ね」

柔らかく微笑むエレオノーラの神々しくもある美しさに、二人は落ちた。この瞬間、二人ともエレオノーラ信者になったのだった。

妙に興奮しているメイド二人にエレオノーラはどうしたのかと心配になるが、どう声をかけるか考えている間に、夜会に出る準備は終わってしまった。

「エレオノーラ様。お支度が整いました。私どもは片付けをしなければなりません。遅れると、エレオノーラ様が叱《しか》られてしまいますのでお行きください」

「……ええ。二人ともありがとう」

エレオノーラはメイドの言葉に答えると、本館に向かった。

随分と久しぶりに本館に足を踏み入れるが、彼女が幼かったころとは雰囲気が変わっている。エレオノーラはエントランスホールの何もない一角を見つめた。そこはかつて母エミーリアの肖像画があったところだ。母の短い生涯を思うと、エレオノーラは心が痛んだ。

このプルプレウス公爵家の現当主であるドミトリーはそもそも三男で、後継者として育てられていない。さらには歳《とし》の離れた末っ子ということで酷く甘やかされ、アカデミーを中退後は国内外に遊学して過ごしていた。

そんなドミトリーが家督を継ぐことになったのは、長男が病に倒れ、次男が戦争で相次いで亡くなったためである。

明らかに公爵家当主の器ではないドミトリーが跡を継ぐことになったことを、彼の母――つまりエレオノーラの祖母――が大変憂慮して、しっかりと教育された女性を娶《めと》らせた。その女性がエレオノーラの母、エミーリアである。

財政難ではあったが長い歴史を持つ由緒正しい伯爵家で厳しく育てられたエミーリアは、本人の意思とは関係なく、ドミトリーと結婚をすることになった。

盆暗《ぼんくら》息子の代わりに公爵家を取り仕切ることになったエミーリアは、姑から公爵夫人としての教育を受けるが、それはとても過酷なものだった。本来ならば、その責務があるはずの夫は何もせず、その上愛人までいる。姑が亡くなってからも、エミーリアは姑の仕打ちを許すことができなかった。

嫁いだ公爵家から実家に多額の融資をしてもらっていたこと、また短い結婚生活の間に実家は代替わりして、疎遠だった歳の離れた兄が跡を継いだこともあり、実家に頼ることは難しかった。

エミーリアの結婚生活は、幸せなものとは言い難い。その亡き後ですら、顧《かえり》みられることはなかった。

エレオノーラはやり切れない気持ちをかかえたまま、夜会が始まるまで待機するようにと指示された部屋に向かった。その途中、背後からなんとも形容できない臭いが漂ってくる。

(なんの臭いだっぺ?)

思わずちらりと振りむくと、そこには継母アンナと異母妹ソフィアがいた。臭いの元は彼女たちの香水や化粧らしい。一瞬ポカンとしたエレオノーラだが、とりあえず挨拶をしようと姿勢を正したところで、彼女たちの甲高い笑い声が廊下に響いた。

「まあ! 幽霊かと思ったわ! 今時、そんなドレス、死人ですら着ないわよ!」

(鶏《にわとり》よりでっかい声だっぺ! 心臓が止まるかと思っただ!)

挨拶もなしに、エレオノーラの着ているドレスをあざ笑う二人。しかし、このドレスを用意したのは、継母アンナである。物置となっている部屋のクローゼットにつるされていたドレスだと、先ほど離れで支度をしてくれたメイドが教えてくれた。メイドはなんて酷いことをと怒っていたが、エレオノーラはドレスにかけられた魔法に気づいて、悪くないと思った。年代物だが、魔法によって品質が保たれているのだ。

「恥ずかしいわね。あんたと半分でも血が繋《つな》がっているかと思うと気持ち悪いわ」

言いたい放題の二人に反論しても、かえって怒らせるだけだろうし、エレオノーラが訛らずに話すには骨が折れる。彼女は扇で呆れ顔を隠した。

(まったく、面倒くせえ人たちだっぺ。オラだって、夜会なんて嫌だっぺ。もしかしたらハムちゃんに会えるかもしんねえから、出るだよ。ご馳走も食えねえ夜会なんて、本当なら出たくねえだよ。いっかくちゃんと遊んだ方がずっと楽しいっぺよ！)

エレオノーラは二人の側《そば》を離れようとしたが、二人はまだ言い足りないらしい。聞くに堪《た》えない罵《ば》詈雑言《りぞうごん》を投げ続けるが、エレオノーラは全てを聞き流した。

(雄鶏《おんどり》が喧嘩《けんか》してるみてえだ)

「あんたみたいなうすのろを私のために開かれた夜会に出させてあげるんだから、感謝なさいよね！でも今回だけよ！　次はないわ。隅っこの方にでもいなさい」

「本当に私の娘ソフィアは心が広いわね。こんなみっともない娘を招待してあげるなんて」

実際のところ、エレオノーラは招待状すら貰《もら》っていない。父ドミトリーの命令で参加させられているのだ。しかし、何を言っても詮《せん》ないことだとエレオノーラは諦《あきら》めている。しばらくして気の済んだ二人は、ようやくその場を離れた。どうやら夜会がもうすぐ始まるらしい。

招待客たちの声がエントランスホールの方から聞こえてくる。エレオノーラは待機する予定の部屋ではなく、直接夜会の会場である広間に向かうことになった。そして、会場に入ると、ソフィアに言われたように端の壁際にぽつんと立つ。

辺りを見渡すが、まだ客はまばらだ。ハムちゃんらしき人物もいない。彼女の視線は招待客からテーブルに並べられたご馳走に移った。

（うまそうだっぺ！　オラ、こんなご馳走生まれて初めて見ただよ！）

しかし、それらを食べることは叶わない。食べられるとしても一口、二口だ。

（食いてえだ！　腹いっぱい食いてえだ！　ご馳走を前にして食えないなんて、拷問だっぺ！）

エレオノーラの悲しみを湛《たた》えた表情を扇で隠すその姿は、あまりにも麗しかった。しかし、彼女は自分が会場にいた者たちの目を釘付《くぎづ》けにしていることにまったく気づかない。ご馳走から目を逸らすように、彼女は広間の床に視線を落とした。床の素材は大理石で、その模様から産地は帝都ケントルグラードの南西に位置するリセスクという村だろう。エレオノーラが家庭教師に教わったことは多岐《たき》にわたっていたが、令嬢としては必要のないことがほとんどだった。

エレオノーラはぼうっと大理石の模様を見つめていた。彼女は夜会が始まってから、招待客にハムちゃんがいないかを探すことにしたので、それまでは余計なこと、特にご馳走について考えるのは精神衛生上よくないと判断し、壁際で目立たないように佇《たたず》み床を眺める。

会場にいる者たちはエレオノーラが気になって仕方がなかったが、誰一人としてエレオノーラが何者か知らなかった。もし自分より高貴な存在だったら迂闊《うかつ》に声をかけられないので、ただただ彼女を見つめるだけである。

そんな中、勇気があるというか、考えなしの若者が彼女に声をかけようとして、一人の老婦人に止められた。非常に品のある婦人だ。

「およしなさいな。あの方が着ているドレス、あれはこの公爵家に降嫁されたアナスタシア姫のドレスよ。あたくしがほんの小さな子供だったころに、見たことがあるの。とても素敵で、憧れたものよ。アナスタシア姫は、三代前の公爵に嫁がれた方だったけれども、本当に素敵だったわ」

エレオノーラが纏《まと》っているドレスは、大変由緒正しいものだったようだ。

「だから、あの方は恐らくこの公爵家のご令嬢ね。ここには二人ご令嬢がいるはずですもの。一人は病弱で社交界に出られないと聞いていたけれども、事実とは異なるようね」

この老婦人の言葉で、エレオノーラがプルプレウス公爵家の娘であることが周知された。ちなみにエレオノーラ本人は、相変わらずぼうっと大理石の床を見つめている。

ようやく夜会が始まると、招待客は父ドミトリーや継母アンナ、異母妹ソフィアの下に挨拶に行く。エレオノーラは遠くから静かにその様子を見ていた。そして、ハムちゃんを密かに探すが、ハムちゃんらしき人物は見つからない。

落胆する彼女に話しかける者もいたが、エレオノーラは笑顔で微笑んで返事のみをした。彼女は訛った言葉を発しないように細心の注意を払うように躾《しつ》けられている。ゆえに、相手の話にはひたすら笑顔で、ええ、いいえと答えるのみだ。

気づけば、エレオノーラの周りには人だかりができていた。彼女に注目が集まったことを知ったソフィアは、面白くないとばかりに、彼女に近づく。そして、赤ワインの入ったグラスをエレオノーラの胸元に傾けた。

「お姉様、ごめんなさい！　うっかり手が滑ってしまって……」

ソフィアは目を潤ませて、エレオノーラに謝る。

（わざとだっぺな。でも、これで夜会から解放されるだ！）

「……気にしないで」

エレオノーラは、ソフィアに優しく微笑んだ。

（ようやく帰れるっぺ！　ハムちゃんはいなかったから、さっさと帰りたかっただよ。まったく、目の前にご馳走があるってのに、なあんも食えねってのは辛いっぺ。さっさと、この苦しいドレスを脱いで、風呂に浸《つ》かるだ。んで、飯食って寝るっぺよ！）

エレオノーラは喜びを隠しつつ、広間を後にした。


エレオノーラは初めて参加したこの夜会を機に、お茶会や夜会に誘われるようになったが、それらの招待は継母たちによって勝手に断られ、出席することはほぼない。父ドミトリーによって、強制的に参加させられるものだけに顔を出していた。

そして、社交界でほとんど見かけることがないエレオノーラは、寡黙《かもく》な美姫《びき》、あるいは秘された薔薇《ばら》として、貴族の間で有名になるのだった。

第三章

再会

A SILENT LADY & COLD EMPEROR

とうとうエレオノーラはハムちゃんと出会う夜会に招かれた。そう、ハムちゃんこと、ウィリデス帝国皇帝アレクセイの妃《きさき》選びの舞踏会である。

エレオノーラは高位貴族たちがほとんど顔を合わせるという夜会でもハムちゃんを見つけることができなかったため、今回の舞踏会もきっと出会えないだろうと半分諦《あきら》めていた。そして、この舞踏会の主催が皇帝であるため、アレクセイの慈悲のない反皇帝派の粛清《しゅくせい》に、ハムちゃんが巻き込まれているのではないかという懸念が一瞬頭をよぎってしまい、否定するように頭を横に振る。

（ハムちゃんは生きている！　オラ、信じてるだよ。万が一でも、皇帝陛下がハムちゃんを殺してたら、オラ、絶対に許さねえだ！）

エレオノーラは一人、熱くなっていた。

城に向かう馬車の中では、今乗っている馬車について盛り上がっている。公爵家の馬車は四頭立ての、いかにも金がかかっていそうな箱馬車だ。継母《ままはは》アンナが自慢げに言うには、この派手な馬車は一年前に彼女が発注して、つい先日出来上がったばかりらしい。

「プルプレウス公爵家なんですから、このくらいは当然だわ！」

「そうよね、お母様」

「愛《いと》しい妻のおねだりなんて、可愛いものだ」

三人の会話を聞けば聞くほど、エレオノーラは心配になってくる。

（ちょっと前に、父親が投資話に騙《だま》されたっていうのに。ローマン先生が授業で不労所得について説明したときに、話のついでに教えてくれただ。オラの父親はいい鴨《かも》だと、噂《うわさ》になってるって聞いたっぺ。大丈夫だっぺか？　この公爵家）

馬車が郊外の貴族の屋敷街を抜け、帝都ケントルグラードの中心街に入ると、大きな城が見えてきた。その城こそが、舞踏会が開催される場所だ。

帝都の真ん中に位置した丘の上にある城は、白亜の城ではなく灰色の石造りの堅牢《けんろう》な建物で、もとは城砦《じょうさい》だった。数代前から皇帝はこの城ではなく、帝都から少し外れた宮殿に居住しており、広大な庭園のある贅《ぜい》の限りを尽くした宮殿は、この古い城よりもずっと近代的で華美で豪華だ。しかしながら、今の皇帝アレクセイは城で暮らしている。

「お母様、せっかくなら、あっちの宮殿が良かったわ。だってこのお城不気味だもの」

「そうねえ。前は宮殿で舞踏会が連日あったものだけれども、皇帝が替わってからそういう夜会はぱったりなくなったのよねえ。反皇帝派はどんどん処刑されているし。恐ろしい悪魔皇帝にソフィアが見初《みそ》められたらどうしましょう」

母子の会話に、父親が加わる。

「ははは。心配はいらないよ。我がプルプレウス公爵家は生粋の皇帝派だ。可愛いソフィアならば悪魔皇帝も骨抜きになるさ」

「そうね、ソフィアならば国母に相応《ふさわ》しいもの」

エレオノーラは、父ドミトリーが何も考えず、何もしなかったため、反皇帝派にならなかったことを知っている。

反皇帝派貴族たちは、ドミトリーよりもずっと有能であったがゆえに欲が出たのだ。そして皇帝を傀儡《かいらい》とするつもりが、今の皇帝に返り討ちにされたわけである。

(それにしても、この家族、礼儀作法どうなってるだ? 家族の間でも口に出すときは、陛下って敬称付けないとダメだっぺ。陛下の御名は、アレクセイ・グラキエス・ウィリデス。御年二十七歳。オラとは十違うだな。そういや、ハムちゃんと同い年だっぺ)

皇城はもう目の前だった。

◇◇◇

舞踏会が始まる三十分前になっても、アレクセイは執務室で仕事をしていた。

「陛下、舞踏会が間もなく始まります。そろそろお支度をせねば間に合いません」

宰相《さいしょう》のセルゲイがそう言って急《せ》かせるが、アレクセイは非常に面倒くさそうに返事をする。

「分かってるよ。今回はおまえの肝入りの舞踏会だったな」

セルゲイは眼鏡をくいっと上げて、満面の笑みで頷《うなず》く。

「そうですよ、陛下。今日は陛下に相応しい令嬢たちが集まっております。気に入った者がいましたら、私に教えてくださいね。もちろん、婚約者がいるものは陛下と同じ広間では過ごさせませんから」

このところの反皇帝派の粛清によって、婚約者がいなくなった者も多い。ゆえに今回の舞踏会は、それらの令息、令嬢の見合いの意味合いもある。

「支度をするから、おまえも準備しろ」

「畏《かしこ》まりました」

アレクセイは重い腰を上げ、執務室を出て身支度を始めた。侍従に銀髪を整えさせて、黒い軍服仕立ての礼服に袖を通す。彼は基本的に人の手を借りずに自ら支度をするが、今日ばかりは舞踏会ということもあって、侍従の手を借りて準備をした。

日々アレクセイは、髭剃《ひげそ》り、着替え、入浴といった身支度は自身の手でする。その姿を見た家臣が、皇帝らしくあられよと忠言したこともあったが、アレクセイはその家臣の口を魔法で閉じさせた。そして、アレクセイは長年の戦場暮らしで一人での身支度は慣れていること、なによりも着替えを他人に委《ゆだ》ねて、暗殺でもされたらどうするのかと問うた。

アレクセイはパイを殺されてから、極度の人間不信になっていた。腹心である宰相のセルゲイだけは信用しているが、心からの信頼はない。


パイを殺された後にアレクセイは魔の森から帝都に連れ戻《もど》されたが、感傷に浸《ひた》る間もなく、己が置かれた危うい立場を自覚せざるを得なかった。

反皇帝派貴族が跋扈《ばっこ》する宮中において、後ろ盾のないアレクセイには、その身に流れる皇帝と隣国の巫女姫《みこひめ》の血だけしか頼るものはない。

次の皇帝として、誰よりも相応しい血統。それだけしかないのだ。

あの厳しい言葉を投げつけた宰相、ゲオルギー・バザロフの言う通りだった。力をつけねば、また殺される。

皇后は再びアレクセイを殺害するだろう。

まだ九歳にもかかわらず、アレクセイは感情的に振る舞うことを一切やめ、何事も理知的に判断し、合理的に事を進めた。

怒りをそのまま爆発させてはならない。感情に振り回されてはならない。

ゆえに、あの憎い黒騎士団団長ドナート・アバルキンから剣の指導を受けた。大切なパイを殺した男でも、帝国一と呼ばれる剣豪だ。


「私に剣の指導を頼む」

十歳になったアレクセイは、ドナートのいる黒騎士団団長室を一人で訪ねた。

「殿下。死ぬ覚悟があるならば、指導しましょう」

黒髭を生やした無骨な男であるドナートは、アレクセイに言う。

「私は決して死なぬ。死ぬ覚悟など持たぬ。死なぬために剣を学ぶのだ」

アレクセイがそう答えると、ドナートは眉をひそめた。

「殿下は騎士にはなれませんね」

「私は騎士になるわけではない」

アレクセイの答えに、騎士であるドナートは呆《あき》れた顔をする。

「これから一週間、新人の訓練についてこられたら、私が直接指導しましょう。ついてこられなければ、白騎士団に指導を頼んでください」

帝国騎士団には、白騎士団、黒騎士団、および領地貴族が所有する騎士団がある。黒騎士団は、戦場に向かうことが多く、平民も多い。魔獣が殲滅《せんめつ》される以前は魔獣討伐も黒騎士団の任務だった。白騎士団は王族の護衛をする近衛騎士を含み、主に皇城、宮殿の警備、帝都の警邏《けいら》などを担当している。団員の多くが貴族で、所属人数は黒騎士団の十分の一程度だ。黒騎士団員の死亡率は白騎士団と比べ物にならないくらい高い。まさに命がけで戦う騎士たちである。

アレクセイは、ドナートが提示した一週間の訓練を受けるが、それは十歳の子供には過酷というほかない内容で、十五歳以上の平民の新入りとまったく同じ訓練だった。半数以上の新入りが数日で脱落していく中、アレクセイは必死に耐え抜く。気絶することもあったが、水をかけられ意識を戻させられた。

彼は誰よりも、必死だった。ボロボロになって宮殿の居住区に戻るアレクセイに、側近になったセルゲイは何度もやめるように説得をする。

「殿下、おやめください！　あなたは、そのようなことをすべきではありません。剣を学びたかったら白騎士団を派遣しますから」

セルゲイの言葉に、アレクセイは冷たい目をして答える。

「俺は誰よりも強くなりたい。ならば、帝国一の剣豪の下《もと》で学ぶのが一番手っ取り早いだろう」

「殿下……」

セルゲイはアレクセイの気迫に飲まれて、それ以上何も言うことができなかった。

アレクセイが一週間の訓練を終えたとき、ドナートの心境は変わった。指導してほしいと言われたとき、殿下の子供っぽい我《わ》が儘《まま》だと思っていたのだが、その気持ちが本気だと分かって感極まった。

彼はアレクセイに跪《ひざまず》く。

「殿下。私の持てる全てをお教えしましょう」

このときより、アレクセイはドナートから剣の指導を受けることになる。

そして、十九歳の春、これ以上ドナートから学ぶものはないと判断したアレクセイはドナートを殺した。

当時、アレクセイは血筋的にはもっとも皇太子として相応しいにもかかわらず、立太子されることなく、黒騎士団の副団長として戦場に駆り出されていた。

アレクセイはどんな苦しい局面でも弱音一つ吐かない。ドナートはそんな彼を信頼し、心酔すらしていた。

野営中のことだ。新月の深夜にアレクセイはドナートを呼び出し、いきなり襲った。ドナートがパイを殺したときと同じように、アレクセイは彼の両腕を切断する。

実に見事な剣捌《さば》きだった。両膝をついたドナートはアレクセイを見上げる。

「なぜ……？」

ドナートの最期の言葉に、アレクセイは口の端を上げて答えた。

「パイを殺した仇《かたき》だ」

ドナートは何のことか分からないといった表情を見せる。

「魔の森でおまえが殺しただろう」

アレクセイが憤懣《ふんまん》を隠すことなく、怒りを込めて言うと、ドナートは小さく呟《つぶや》いた。

「緑色の化け物……」

ドナートは、ずっとアレクセイに恨まれていたことを死に際に知ることになったのだった。

ドナートの不審死については、緘口令《かんこうれい》が敷かれた。

「殿下は黒騎士団団長をそれほどまでに恨んでいたのですか」

帝都に戻ったときに、セルゲイがアレクセイに咎《とが》めるように尋ねると、アレクセイは事もなげに答える。

「セルゲイ、なんの罪もないおまえの母親が殺されても、そう言っていられるか?」

そう言うと、アレクセイは清々《すがすが》しい顔をして笑った。

その後、アレクセイはドナートの後釜《あとがま》におさまるように、黒騎士団団長に就任する。

黒騎士団は前線に送られることが度々《たびたび》ある騎士団だ。皇后はアレクセイを排除するために、特に厳しい局面を迎えたところへ行くように命じ続けた。彼はその決定に異を唱えることなく従い、そして帝都に戻ることなく七年間、内紛地区を渡り歩いた。

その間、アレクセイは反皇帝派らの動向を探りつつ、皇帝派貴族の支持を得ていく。皇帝派貴族たちを完全に掌握《しょうあく》し、ここぞと勝機を見出《みいだ》したときに、アレクセイは皇帝を弑《しい》する。続いて、皇后および異母兄弟全員を反逆罪で処刑し、彼らの首を帝都の広場に一か月間晒《さら》した。

こうしてアレクセイは皇帝の座を手にするが、即位する前に、宰相ゲオルギー・バザロフは職を辞した。新たな宰相となったのは、彼の息子のセルゲイである。

「アレクセイ殿下、私はもう用済みです。これから生まれ変わる新しい帝国に、老いぼれは必要ないでしょう」

「そうだな」

笑いもせず、そう返事をするアレクセイをゲオルギーは眩《まぶ》しそうに見た。

「殿下が事故で亡くなられたという知らせを受けたとき、この帝国は終わったと思いました。反皇帝派の貴族が跋扈する、腐りきった帝国。ですから、殿下が生きていると教えられたときには、これは神からの啓示だと思わずにはいられませんでした」

アレクセイの訃報《ふほう》は、彼の亡くなった母の出身国である隣国にも届けられた。その知らせを受けた彼の従姉《いとこ》にあたる次代の巫女姫が、アレクセイは死んでいないと帝国に反論したのだが、帝国の外交担当者はそれを一笑にふす。

その外交担当者は、アレクセイが殺されるところの一部始終を見た者だった。殺されただけでなく、衣類を剥《は》ぎ取った上で魔の森に捨てられたのだから、たとえ亡骸《なきがら》の一部が残っていたところで、その亡骸がアレクセイ本人だという確認すら難しいことを知っている。

宰相がアレクセイの生存を知ったのは、隣国の巫女姫が帝国に来た折のことだった。

帝国ではアレクセイの死を悼《いた》むものはいないので、せめてアレクセイの従姉にあたる巫女姫に冥福《めいふく》を祈ってほしいと宰相が頼んだのだ。

すると巫女姫は、アレクセイは生きている、決して死なぬと言う。

「あのときは驚きました。巫女姫が、アレクセイ殿下は死ねないとおっしゃるのですから。半信半疑でしたが、もう後のない私は、巫女姫の言葉を信じることにしました。そして、くだんの外交担当者に話を聞き、アレクセイ殿下が生きているならば、まだ魔の森にいると結論づけました。なにせ、死なぬ身体を持っているのだから、魔の森にいることが可能でしょう」

宰相ゲオルギーがアレクセイの生存を信じることにしたのは、腐敗した帝国を正せるのはアレクセイのほかにいないからだ。反皇帝派貴族を抑え込むことができるのは、反皇帝派貴族の血が流れていない正統な血を持つアレクセイだけだと。

それから、ゲオルギーは魔の森からアレクセイを救出するために、もっとも障害となる魔獣の対策を立てることにした。魔獣が多く住み着いている魔の森の中を捜索することはほぼ不可能である。魔の森の奥に入れば入るほど魔獣が多くなり、その危険性は増す。魔獣を騎士たちだけで討伐するのは不可能なため、より効率の良い方法を得ることが肝要だった。

ゲオルギーの配下の者が魔獣に関する文献や口承などを調べていると、ある地方の伝承の中に魔獣を殲滅する聖なる光というものに当たった。これは魔力のある乙女が魔獣を贄《にえ》とした儀式を行うことによって得られる能力だという。伝承に則《のっと》った儀式を終えた乙女から発せられる聖なる光は、魔獣を死に至らしめる。

儀式に必要な贄となる魔獣を集めるのに甚大《じんだい》な人的被害が出たが、ゲオルギーは諦めなかった。

ついには、当時五歳のエカテリーナという名の少女が聖なる光を放つ乙女になる。ためしにエカテリーナが無邪気に光を放つと、捕らえて檻《おり》に入れていた魔獣は、いとも簡単に倒れ死んでいった。

その一方で、魔法師により魔獣を一か所に引き付ける魔法も開発された。

この二つの組み合わせにより、あの魔の森の惨事は起きる。

魔の森の北側にいた魔法師と聖女は、魔法で魔獣を引き付けた上で聖なる光を放ち、魔獣を効率よく殲滅した。その後すぐに、黒騎士団が魔の森に入り、アレクセイを見つけたのだ。

魔の森から帝都に連れ出されたアレクセイは、しばらくして自身の従姉にあたる巫女姫と会ったが、彼女はアレクセイを一目見て、母親から譲られた不死の加護が失われていることを知り、大いに嘆いた。

アレクセイは、巫女姫に心底軽蔑した眼差《まなざ》しを向ける。

「あの加護のせいで、私は三回も死んだのですよ。そんなに惜しいのならば、あなたに差し上げたのに。あなたも、生きたまま腸《はらわた》を食われ、足を、手を、顔を食われる苦痛を何度も味わえますよ」

巫女姫はアレクセイがどのような目に遭ったのかを知ると、気まずげに口を閉ざして、そのまま隣国に戻った。

アレクセイは、帝国のために彼を魔の森から出した宰相ゲオルギー、彼の生存を伝えた隣国の巫女姫、そしてアレクセイを殺すように指示した皇后、腑抜《ふぬ》けた皇帝、パイを殺した騎士や聖女、魔法師たちを、心の底から深く恨み憎んだ。

当時を思い出し、アレクセイは拳を握りしめる。憎しみを糧にして皇帝の座を得たが、結果、もたらされたのは虚《むな》しさだけだ。パイを死に至らしめたドナートを殺しても、すっきりしたのはその一瞬だけだった。くすぶった怒りは収まることはない。

「アレクセイ殿下、どうかなさいましたか?」

ゲオルギーはアレクセイの尽きることのない憤怒《ふんぬ》に気づくことはなかった。彼が過ごした魔の森の三年間が、どれほど彼の心を救い癒したか、そしてそれを失った悲しみを知らないのだ。

「もう、おまえは用済みだ。下がれ」

アレクセイはゲオルギーにそう言うと、背を向けた。

そして皇帝として即位したのち、アレクセイはセルゲイとともに、反皇帝派の貴族たちの粛清を次々と行っていった。

血塗られた皇帝アレクセイは、どのような嘆願も聞き入れず非情なことから、血も涙もない悪魔皇帝と呼ばれるようになる。もともとそう呼んでいたのは反皇帝派の貴族で、アレクセイが彼らの姦計《かんけい》を気持ち悪いぐらいに見抜いていたことから、悪魔と契約した皇帝と皮肉交じりに言っていたのだが、今では皇帝派や中立派で直接彼と会ったことのない貴族たちまでも、彼を悪魔皇帝と陰で呼ぶようになった。

一方、帝国の多くの民衆は、圧政から彼らを救い出した皇帝として、彼を英雄や救世主として尊敬しており、その政治的手腕に期待が寄せられていた。

◇◇◇

エレオノーラたちが舞踏会が開かれる皇城の一階の大広間に入ると、すでに沢山《たくさん》の人が集まっていた。

(沢山人がいるっぺ。オラ、父親たちから端っこの方に立ってろって、言われただ。壁側まで行くのも大変だっぺよ)

父や継母、異母妹は、城に入るや否やエレオノーラを無視して放置したため、彼女は一人で大広間にいた。

(みんな、綺麗《きれい》なべべ着てるだな。……あ！　あそこに旨《うま》そうなハムがあるっぺ。ハムちゃんのハムだっぺ！)

エレオノーラは目ざとく生ハムを薔薇《ばら》に模して飾った料理を見つけた。彼女はハムちゃんのハムだと頬を染めて、真《ま》っ直《す》ぐ優雅に料理があるところまで歩いていく。その美しい立ち居振る舞いは家庭教師の教育の賜物《たまもの》でもあるし、彼女の努力の結果でもあった。

複雑に編み込んだハーフアップの豊かな金色の髪の毛をキラキラと輝かせ、真っ赤なドレスを身に纏《まと》った、女神のように美しいエレオノーラに、その場にいるものたちは釘《くぎ》付《づ》けになっていた。そして彼女の進路を邪魔しないようにささっと身を引く。

(人が沢山いんのに、随分歩きやすいっぺ。なんか人がオラを避けている気がするだ。オラ、ちゃあんと毎日風呂入ってるから臭くねえはずだっぺ。なんで、オラを避けるだ？　まあ、どうでもいいっぺ。それよりもハムちゃんのハムを一口だけでも食うだ！)

この言葉遣いは脳内だけに留められており、仕草そのものは令嬢のそれである。

優雅に気品溢《あふ》れながら、生ハムにまっしぐらのエレオノーラ。

(あともうちょっとだっぺ！　オラのハムちゃん、ハムちゃん！)

テーブルにもう少しで着くというとき、皇帝陛下の入場を知らせる声が大広間に響いた。

ハムを目の前にして心中穏やかでないエレオノーラだが、優雅に立ち止まる。そして、皇帝であるアレクセイが姿を現すと同時に淑女の礼をとり、視線を落とした。彼女にはアレクセイの黒い服しか目に入っていない。

(目の前にハムがあるのに、なして、今、皇帝陛下がお出ましになるっぺ！　ちょこっと挨拶したら、

楽にせよって言ってくれねえかな。そうしたら、オラ、ハムちゃんのハムを食えるだ！　待ってけろ、ハムちゃんのハム！）

エレオノーラの頭の中はハムでいっぱいだった。そして連想ゲームのように、幼いアレクセイ、彼女にとってはハムちゃんのことを次々と思い出す。

（森に来てしばらくは、夜中にうなされてオネショしてただなあ。朝、とっても、すまなさそうな顔すっから、かわいそうやら可愛いやらで、オラ、悶絶《もんぜつ》したべ。そういや、生まれ変わってから、オラ語彙《ごい》が増えたっぺな。前世じゃ、悶絶なんて言葉知らなかっただ。勉強は素晴らしいっぺ。勉強の大切さを教えてくれたのはハムちゃんだっぺ。あんのちっちゃいハムちゃんは、それはそれは賢かったべ。オラ、今なら、どれだけハムちゃんがすごかったか分かるだ！　そのハムちゃんのハムを食うっぺよ）

エレオノーラの脳内がハムちゃんと生ハムでいっぱいになっていると、皇帝アレクセイがよく響く低い声で、広間にいる者たちに向かって言葉を発した。

「余が皇帝に即位して以来、初めての舞踏会だ。皆のもの、楽しんでくれ」

なんとも簡素な挨拶だ。しかし、ハムが食べたいエレオノーラはアレクセイの短い言葉に、心の中で拍手喝采《かっさい》をした。

少し間を置いて、室内楽の音楽が流れてくる。今世ではエレオノーラも楽器を嗜《たしな》んでいたため、しばらく音楽に耳を傾けた。

(思い出すっぺ。ハムちゃんの歌声は天使の歌声だったたっぺ。オラに歌を教えてくれたなぁ。オラ、濁声《だみごえ》で音痴だっただ。でも一緒に歌ってくれたべさ。ハムちゃんはちっこいのに、本当に色んなこと知ってたっぺ。天才だっぺ！　さあて、そろそろハムちゃんのハムを食いに行くべ！)

演奏を堪能《たんのう》し、エレオノーラが生ハムののった料理を目の前にしたちょうどそのとき、背後から声をかけられた。

(なんだっぺ！　オラ、ハムちゃんのハムが食いたいだ！　なして邪魔するだ！)

しかし、彼女は心の声をおくびにも出さずに、おもむろに振り向き軽く会釈をする。すると、相手は笑顔で話しかけてきた。

「初めまして。私は宰相のセルゲイ・バザロフです。あなたはプルプレウス公爵家のエレオノーラ様ですね。なかなか社交界でお目にかかれない秘された薔薇だともっぱらの噂ですが、薔薇以上にお美しい。本日は舞踏会に参加くださり、ありがとうございます」

(なんで、オラが礼を言われてんだっぺ？　それに、秘された薔薇って、なんだっぺ？)

セルゲイがなぜ声をかけてきたのか理解できないエレオノーラだが、とりあえず返事をした。

「……とんでもないことでございます。ご招待賜《たまわ》り、大変光栄に存じます」

エレオノーラは心の声とは反対にゆっくりと答えた。訛《なま》りに訛った言葉を出さないように必死である。

「あなたと近い年齢の方々が、あちらの広間に集まっております。どうぞ、エレオノーラ様もいらしてください」

セルゲイはすっと手を差し出した。それを断ることはできないエレオノーラは少し悲しげにその手を取った。

(オラのハムちゃん、待っててけろ。絶対食うだ！　ハムちゃんのハム、絶対に食うっぺよ！)

彼女は泣く泣く大広間を後にして、セルゲイとともに小広間に移った。そこには、妙齢の女性たちが介添人や親とともに集まっている。

この小広間こそが皇帝アレクセイのお見合い場所だったのだが、エレオノーラは父から何も知らされていなかったため、大広間で暢気《のんき》に生ハムを食べようとしていた。しかし、彼女は美しすぎるせいでセルゲイの目に留まる。そして、小広間に連れてこられてしまったのだった。

「では、私はこれで」

セルゲイがエレオノーラの下を離れると、彼女はため息を扇子で隠した。

ハムが食べたかったのにと、エレオノーラが肩を落としていると、聞きなれた声が聞こえて振り向く。

「なんで、あんたまでここにいるのよ？」

そこには怒りの形相をした異母妹ソフィアがいた。

(ソフィア、ダメだっぺ。ここは家ではねえ。お城だっぺよ。そんな言葉遣いしちゃなんねえだ。みんながいるっぺよ。落ち着いてけろ、ソフィア！)

彼女の心の中の言葉も虚しく、ソフィアは話し続ける。

「まったくこんな鈍臭《どんくさ》い女と血が繋《つな》がっているだなんて。恥ずかしいわ。さっさとお帰りなさいな」

それだけを言うと気が済んだのか、ソフィアはまた母親の下へ戻っていく。ソフィアの淑女教育はどうなっているのだとエレオノーラは呆れるよりほかはなかった。そして、特にすることもないので、先ほどの大広間にいたときと同じように壁際に向かう。

(ここにも美味《うめ》え食いもんがあるっぺ。でも、さっきのハムちゃんのハムはねえなあ。なして、ないんだっぺ？ なんか、果物と菓子ばっかりでねえか。もちろん、嫌いでねえ。オラは好き嫌いはないだ。でもな、オラの今の気持ちはハムちゃんのハムなんだっぺよ！ ああ、ハムが食いてえだ。なんで、甘いもんばっかりだっぺ)

エレオノーラは長い睫毛《まつげ》で影を作り憂《うれ》えた顔をして、テーブルの料理をあらためて見た。いくら見てもハムはなく、軽く絶望していると、ある菓子が目に入る。

(あ！ あそこに、ハムちゃんが好きだったパイがあるっぺ。オラの名前のパイ！ ハムちゃんが付けてくれたオラの大切な名前だっぺ。オラ、パイを焼く練習沢山しただ。色んなパイを焼けるっぺ。ハムちゃんにもう一度会えたら、パイを沢山作ってやるだっぺよ！)

エレオノーラは足取り軽く、パイが並べられたテーブルに向かう。そして、パイを二つ選び、給仕に取り分けてもらうよう頼んだ後、椅子に腰掛けてパイが運ばれるのを待った。

しかし、またもやこのタイミングで皇帝アレクセイがこの広間にやってくる。

（なして、なして、オラがなんか食おうとすると、この陛下は現れるんだっぺ？　オラになんか恨みでもあるっぺか？　くそう！　早く楽にせよって言ってくんねえかな。オラ、パイが食いてえだ。カスタードクリームとベリーが入ったパイとアップルパイ、早く食いてえだ。できたら、しょっぺえパイもあったらよかったんだけども、ここには甘いパイしかないっぺ。残念だっぺよ）

心の中では食べ物に執着し、悪態をつくエレオノーラだが、怒りは完璧に隠し、ゆっくりと椅子から立ち上がって腰を落とす。パイのことを考えながら、アレクセイの言葉を待った。

誰も彼もがアレクセイの方を向き、静かに礼をとっている。しばらくして、アレクセイは低く響く声で一言放つ。

「面《おもて》をあげよ」

次の瞬間、エレオノーラはアレクセイと目があった。

（なんてこった……！　ハムちゃんと同じ髪の毛の色に、目の色だっぺ！　オラ、エレオノーラに生まれ変わって初めて銀色の髪を見ただ。ハムちゃんが大きくなったら、こんなふうになるんだべか？……うんにゃ、ハムちゃんはあんな冷てえ目はしてねえだ。とっても優しい温かい目をしてたっぺ。皇帝陛下とは全然違うだ！）

エレオノーラの脳内がハムちゃんだらけになっている間に、アレクセイは挨拶を結んだ。

「本日は無礼講だ。楽しんでくれ」

再び、広間に沢山のお喋《しゃべ》りの声が響く。令嬢たちは、アレクセイの美しい容姿に色めき立っていた。

ひそひそと、彼の整った白皙《はくせき》の美貌を褒《ほ》め称《たた》えている。とはいっても、みずから陛下に声をかける愚か者はいない。無礼講だと言っても、さすがにちゃんと弁《わきま》えているのだ。

しかし、そんな中、エレオノーラの異母妹ソフィアが大胆にもアレクセイに向かっていく。垂れ目で愛らしい顔をほんのり赤く染めて、彼に話しかけた。

「お初にお目にかかります。プルプレウス公爵家が娘、ソフィアと申します。この度は、このような素敵な舞踏会に招かれ、大変嬉《うれ》しゅうございます」

期待に目を輝かせるソフィアに対して、アレクセイは不愉快な表情を隠さない。エレオノーラはその様子を見て固まってしまった。

(ソフィア、おめえ、何やってんだ！　ダメだっぺよ。継母さんも、何、鼻高くしてんだっぺ！　よく見ろ、うんにゃ、よく見なくても、陛下の目はすんげえ冷ややかだっぺよ！)

エレオノーラは冷や汗をかきながら、ソフィアがこれ以上何も言うことがないようにと念じて、その様子を見まもる。

「アレクセイ様？」

ソフィアは上目遣いをして首を傾《かし》げるが、アレクセイの顔には誰の目にも明らかに侮蔑の色が見られた。

(バカか！　ソフィア！　そこは陛下って言うんだっぺ！　なして名前を呼んだんだべ！　不敬だっぺ！)

「そなたの名は覚えた」

それだけを言うと、アレクセイはソフィアの前から立ち去った。

ソフィアはその言葉を喜んでいたが、アレクセイの発言は彼女の不敬な行為を忘れないということを意味している。つまりは、その無礼を許さないということだ。

（バカだっぺ、ソフィア！　相手は冷酷な皇帝陛下だぞ。おめえたちも馬車の中でも悪魔皇帝って言ってたでねえか！　沢山の人間が粛清されてんだっぺよ。ソフィアも、なんか理由をつけて殺されるかもしれねえだ）

エレオノーラは、ソフィアの愚かさに頭が痛くなるが、とりあえず再び椅子に座った。そして先ほどの頼んだパイが給仕されるのを待っていると、そのパイが並べられたテーブルに、何故かアレクセイが近寄り、苛立《いらだ》っている様が目に入る。彼の隣には、この小広間にエレオノーラを連れてきた宰相のセルゲイが立っていた。

「セルゲイ、この菓子を今すぐ処分しろ」

あまりのことに、エレオノーラはアレクセイの方を見て、聞き耳を立てた。

「二度と俺の前にこれらの菓子を出すな。以前言ったことを忘れたか？」

アレクセイはパイを指し、眉を吊《つ》り上げて呟く。

エレオノーラは激怒した。両親に冷たく当たられ、継母に虐《しいた》げられ、異母妹に馬鹿にされても気にすることない彼女だが、食べ物に関しては別だ。

（何言ってんだっぺ！　パイを捨てるのけ!?　食いもんを粗末にしちゃなんねえだ！　どんなに偉くともそれは許せねえだ！　ひもじい思いをしたことないから、そんなこと言えるんだっぺ。陛下といえども、看過できねえだ！　しかもオラの大切なパイだっぺ！　ハムちゃんが好きだったパイだっぺ！）

前世、村ではいつも空腹だったせいか、エレオノーラの食べ物に対する執着心は並大抵なものではない。しかも、捨てろと言われているのが、前世の名前の由来であるパイということもあって、いつものように冷静でいられず、殺されても構わないとばかりにアレクセイに近づいた。

「……恐れながら陛下。パイを、いえ、すべての食べ物を粗末になさってはなりません」

アレクセイとエレオノーラの間に緊張が走る。

「そなた、余に諫言《かんげん》するのか。名を申せ」

エレオノーラは優雅に淑女の礼をして、名乗った。

「……プルプレウス公爵家が娘、エレオノーラでございます」

するとアレクセイは眉間《みけん》に皺《しわ》を寄せる。

「あのソフィアとかいう女と姉妹か」

「……さようでございます」

「プルプレウス公爵家は、随分な教育をしているようだな。余にそんな口を叩いて、ただで済むと思っているのか」

凄《すご》むアレクセイをエレオノーラは真《ま》っ直《す》ぐに見つめた。

（よく見ると顔もハムちゃんにすごく似てるだ。でもハムちゃんとは全然違う氷みたいに冷たい目だっぺ。ハムちゃんとは違うだ）

「……いいえ。死を覚悟して進言いたしました。パイはわたくしにとって二番目に大切な食べ物でございます」

セルゲイはアレクセイの様子を見て慌《あわ》てて止めようと間に入ってくる。

「エレオノーラ様、これは私の不手際です。どうぞ陛下に謝罪を」

すると、アレクセイはセルゲイを制して、もう一度エレオノーラに尋ねる。

「そなた、パイは二番目に好きだと言ったな。ならば、一番目は？」

アレクセイは、エレオノーラの紫色の目をじっと見つめると、彼女は真剣な眼差しで答えた。

「……ハムでございます」

そう言った後、エレオノーラはハムちゃんを思い出して柔らかく微笑《ほほえ》んだ。

（オラのハムちゃんは、食べ物を大切にして、苦手なもんでも一生懸命食べるいい子だべ。こんな皇帝陛下みたいな大人になっちゃダメだっぺよ！　いや、もう大人だっぺ。でも皇帝陛下とは違う、とっても優しい素敵な大人になっているはずだっぺ！）

エレオノーラの頭の中は皇帝アレクセイを前にして、完全にハムちゃんのことでいっぱいになっていた。

◇◇◇

一方のアレクセイはその答えに驚いていた。パイにハム。この組み合わせを偶然だというには、あまりに不自然だ。パイがハムちゃんと呼ぶ姿が鮮やかに思い出される。

緑色でぶよぶよの皮膚をしたパイ。

いつも優しく抱きしめてくれたパイ。

最期に笑って死んでいったパイ。

なぜだか、彼女とはまったく姿形の違うエレオノーラに、その面影を重ねてしまう。特に優しく微笑んだエレオノーラはパイと同じ温かさを感じた。

「そなたは変わっているな。ハムは食材であって、料理ではないだろう」

彼女は静かに首を横に振る。

「……ハムは完成された料理でございます」

二人の会話はなんの色気もないはずだった。先ほどから食べ物の話しかしていないのだから。

しかし、アレクセイはエレオノーラに心惹《ひ》かれる何かを感じた。それが何かは分からない。確かにここにいる誰よりも美しいが、そんなもの皮一枚剥げば、皆同じようなしゃれこうべである。

アレクセイは見た目の美しさに惑わされることはない。それでも、エレオノーラの長い睫毛に覆《おお》われた美しい紫色の目に、惹きつけられていた。

「そなた、ハムのどのようなところが好きなのだ？」

アレクセイの問いにエレオノーラは婉然《えんぜん》と微笑み、ゆっくり答える。

「……全てでございます。存在そのものが尊いのでございます」

まるで聖母のように慈しみ、そして愛《いと》おしそうにハムを語るエレオノーラに、アレクセイは今までにない感情に襲われた。とてつもない渇望。その気持ちを抑えて、アレクセイは次の質問をする。

「では、パイはどうなのだ」

「……パイはわたくしに贈られたもっとも大切なものでございます」

エレオノーラは目をキラキラ輝かせ、心底幸せそうに答える。

アレクセイはその表情に懐《なつ》かしさと愛おしさを覚えた。

「何のパイが好きなんだ？」

アレクセイは熱を帯びた目で、好みのパイの種類をエレオノーラに問う。彼女もアレクセイの青い目を真っ直ぐに見つめて、答える。

「……パイならばなんでも。パイと名がつくものは、どれも等しく好ましいと思っております」

エレオノーラはそう言うと、ちらりとテーブルの方へ目を向けた。

彼女が向けた視線の先をアレクセイが見やると、セルゲイに処分しろと命じたパイが目に入る。よほどパイが好きなのだろうと思うと、無性に彼女が可愛く思えた。大輪の花のように華やかで美しいのに、ハムとパイが好きだと真剣に言うのだ。

「分かった。ならば、このテーブルのパイは処分せずにおこう」

アレクセイは目を細めて、愛おしそうにエレオノーラを見つめてそう言うと、彼女は喜びを隠せずに頬をほころばせて、腰を落として感謝の言葉を述べるのだった。

◇◇◇

アレクセイとエレオノーラが熱い視線を交わし、語り合っていた姿は、広間にいた貴族たちにしっかりと見られていた。会話の内容までは聞こえなかったが、互いに真剣に向き合っていた様子から、アレクセイの妃の候補としてエレオノーラが選ばれたのだろうと、ひそひそと噂をしている。

二人の会話を最初から最後まで聞いていた宰相セルゲイは、結局のところハムとパイの話の意味が分からず、頭を悩ませていた。一連の会話を聞いたセルゲイは、二人はハムとパイで何かを暗喩《あんゆ》して、語っているのかもしれないと思うものの、この二人は今日初めて出会ったのだ。それで、いきなりハムとパイで何かを喩《たと》えられるものなのだろうかと、考え込む。

「セルゲイ、どうした？」

難しい顔をしているセルゲイにアレクセイが声をかける。

「陛下、なんでもありません」

ここでハムとパイが何を指しているのか尋ねてしまったら、アレクセイが何らかの理由で内容が悟られないように会話した意味がなくなってしまう。

「陛下、そろそろ大広間に戻りましょう。あちらでも陛下を首を長くして待っています」

その言葉に、アレクセイは皮肉な笑みを浮かべた。

「悪魔皇帝の俺におべっかを使う者たちが待っているのだろう？　つまらんな。功労者はごく一部。残りは反皇帝派に属するほどの野心を持てなかった無能な奴らしかいない」

アレクセイが皇帝になるまでは、圧倒的に反皇帝派が優勢だった。現に長子で血筋的にもっとも相応しいアレクセイが立太子されずに、異母弟が皇太子となったことや、アレクセイが黒騎士団団長になったことから、帝国の貴族たちが積極的に、あるいは消極的に反皇帝派になるのは、もっともな流れかもしれない。

しかし、一方で反皇帝派に抵抗し続けていた貴族もいた。それらの貴族はアレクセイが黒騎士団団長として、内紛地域で活躍するのを目《ま》の当たりにして、アレクセイこそが皇帝に相応しいと忠誠を捧《ささ》げる。そして反皇帝派の貴族たちに屈することなく、アレクセイの即位を推し進めるために尽力してくれたのだ。

「でもまあ、忠臣には顔を見せるべきだな。行くぞ、セルゲイ」

「はい。それから、陛下とお話しされていたエレオノーラ様に護衛をつけた方がよろしいかと。皇后の椅子を狙っている者たちに、エレオノーラ様が傷つけられることも考えられますので。どうやらエレオノーラ様には付き人もおられないようですし」

セルゲイの言葉に、アレクセイは動揺を見せた。

「早急に手配しろ。彼女に気づかれぬように護衛するよう伝えるんだ。決して怖がらせるような真似をするな。それから、彼女のことを調べて報告してくれ。普通の女ではないようだからな」

明らかにエレオノーラを特別視しているアレクセイを見て、人を信頼できず孤独なアレクセイが人を愛せるようになれるかもしれないと、セルゲイは密かに期待せずにはいられなかった。


セルゲイとアレクセイはもう十八年ほど一緒にいるが、セルゲイから見たアレクセイは、出会ったころと変わらず心が凍ったままだ。およそ人間らしい温かい感情を示すところを見たことがない。

セルゲイが宰相である父ゲオルギーから、アレクセイの側近を務めるようにと命じられたのは、アレクセイが魔の森から連れ戻された後のことである。当時、ゲオルギーは中立派の立場を表明していたが、アレクセイを次期皇帝にすべく、反皇帝派に翻《ひるがえ》ったように見せかけて、皇后らの懐《ふところ》に入った。そこから皇后の足元をすくうべく暗躍するのだが、やはりアレクセイなしには、今の平和な帝国は望めなかっただろう。

ゲオルギーが息子であるセルゲイをアレクセイにつけたのは、アレクセイの行動を監視するためだと皇后に伝え、反皇帝派を油断させてアレクセイが皇帝になる道を切り開いたのだ。

そのとき、セルゲイ十五歳、アレクセイ九歳である。

セルゲイは初めてアレクセイに会ったときのことを昨日のことのように鮮明に覚えている。

全てを拒絶し、絶望した暗い眼差しをした美しい皇子。それがアレクセイだった。

笑うことも泣くこともない無表情の子供で、最初は無気力なのかと思ったが、それはとんだ勘違いであることにすぐ気づく。

無気力どころか、アレクセイはひたすら己を鍛え、学問も剣術も魔法も、大人でも困難な修練を続けた。

そして、アレクセイの心からの笑顔を見ることができたのは、出会ってから十年経《た》ったころである。

黒騎士団団長を殺した後に、清々しい笑みを見せたのだ。

その喜色に満ちた顔から、この日のためだけに剣術を学んでいたのだとセルゲイは知る。

アレクセイは魔の森であったことを一切話さないため、何があったのかセルゲイが知る由《よし》もないのだが、彼が殺害した黒騎士団団長こそが彼を救い出した騎士であることは、父親から聞いていた。

助けてくれた騎士団長を殺すほどの恨みがあったことは確かだ。それについて調べようにも、現場近くにいた騎士たちは騎士団長以外、皆すでに死亡していた。

何があったか知るものはもう存在しない。幼いアレクセイが一人で魔の森で生きていけるはずはないので何者かが彼を世話していたのだろうが、それすら語られることはない。

そして、セルゲイが知る限り、アレクセイが誰かを愛することはなかった。アレクセイは肉親から愛されなかったゆえに、愛することを知らないのだろう。セルゲイはそう考え、憐《あわ》れに思っていた。

「陛下、エレオノーラ様はお美しいだけではありませんね。淑女たる礼儀作法も素晴らしいと思います。陛下の後ろ盾には、他家の方がより良いかもしれませんが、プルプレウス公爵家も悪くはありません。現当主はアレですが、建国以来の由緒正しい家門ですし」

セルゲイは、エレオノーラがアレクセイに愛というものを教えることができる人であってほしいと心から願いつつ、彼女を妃にと薦めるが、当のアレクセイはセルゲイの話を聞いていなかった。アレクセイは広間を出る途中で足を止め、離れた場所から目を細めてエレオノーラを見つめる。セルゲイもアレクセイと同じくエレオノーラを見やると、彼女は小さく切り取ったカスタードパイを愛おしそうに眺めた後、実に幸せそうな顔をして食べていた。

アレクセイとセルゲイは、妃選びのために用意された小広間から主会場である大広間に移った。大広間には帝国産の大きな光魔石のシャンデリアが高い天井から吊り下げられており、ぴかぴかに磨かれた組木柄の床を照らしている。そして、楽団の演奏に合わせてワルツを踊る者たちを美しく演出していた。

アレクセイの姿に気づいた者たちが、踊りを止め礼を取ろうとしたが、彼はその必要はないと手で制した後、玉座に座る。セルゲイはアレクセイの横に立って、彼らの踊りを見ながら話しかけた。

「陛下、この催しは舞踏会でございます。どなたかと踊ってはいかがでしょうか」

その提案に、アレクセイは眉をひそめる。

「おまえが勝手に舞踏会にしたんだろう。俺は誰とも踊るつもりはない。妃探しならば、舞踏会でなくとも良かったのではないか？」

「ええ、おっしゃる通りです。ですが、皇帝陛下が最初に開催されるのは、歴史ある帝国舞踏会でなければなりません」

「ふん。くだらん」

セルゲイは、今日の舞踏会で、悪魔皇帝と呼ばれるアレクセイの黒いイメージを払拭《ふっしょく》するつもりだ。白皙の美貌と鍛えられ均整の取れた体軀に黒の軍礼服を纏ったアレクセイを、この舞踏会に招待された貴族たちの目に映すだけで、十分効果が得られると睨《にら》んでいた。

アレクセイの姿を知るものは、戦場でともに戦った者や一部の城仕え、有力貴族の大臣だけである。しかし、彼らはアレクセイの美しさを称えるのではなく、その能力を賛美し、そして畏怖《いふ》の念を抱いている。

今まで、アレクセイのこの美しい容姿は、なんの役にも立っていなかった。

反皇帝派貴族の粛清が終わり、これから新しい帝国を作るには、恐怖だけでは発展しない。実際アレクセイは冷徹で残酷だが、その事実を覆《くつがえ》せるほどの美しい見目を利用しない手はないのだ。

「今日のところは、踊らなくてもよろしいでしょう。しかし、次は必ずどなたかの手を取ってください」

麗しく微笑んで誰かと踊る姿を見れば、今よりもずっと親しみやすく思われるだろう。それを想像し、セルゲイはほくそ笑む。

「セルゲイ。おまえの目的は分かっている。しかし、俺はこの帝国をこれ以上どうにかしたいとは思っていない」

これはアレクセイの偽りない本心だろう。もちろんセルゲイはそのことを承知している。

アレクセイは復讐《ふくしゅう》のためだけにこれまで生きていた。しかし、まだ彼には長い人生が待っている。復讐のために培った能力を、次は帝国のために発揮してほしいと、セルゲイは願う。

もちろんアレクセイには幸せになってほしいとも思っているが、帝国の宰相であるセルゲイはアレクセイ個人の幸せよりも、帝国の未来を優先しなければならない。しかし、黒騎士団団長を殺した際のアレクセイの笑顔を見て以来、人としてまっとうな幸福がアレクセイにも訪れてほしいと強く願うようになった。

そんなセルゲイにアレクセイは、いつもの仏頂面で話しかける。

「……そういえば、プルプレウス公爵家のエレオノーラに護衛はつけたか？」

セルゲイは口の端を上げた。

「つい先ほど、陛下の護衛を三名まわしました。陛下ならば、護衛が少し減ったところで、ご自分で身を守れるでしょうから」

アレクセイは黙って頷いた。実際、帝国でアレクセイに敵《かな》う者はいない。

舞踏会は大分騒がしくなってきた。アレクセイが想像と違い悪魔皇帝ではなかったことや、酒が入ったせいだろう、皆、大分リラックスしている。

アレクセイは片ひじをついて、その様子を見ていた。先ほどの広間にいた、アレクセイの見合い相手の若い令嬢たちも、ほとんどがこの大広間に戻ってきている。しかし、エレオノーラの姿はどこにもなかった。

「セルゲイ、エレオノーラは？」

アレクセイがエレオノーラを気にしている様子を見て、わが意を得たりとばかりに、セルゲイはにんまりする。

「エレオノーラ様についている護衛騎士に聞いてみましょう」

セルゲイはアレクセイの側にいる騎士に、彼女につけた護衛騎士の様子を見てくるように指示する。

その間、そわそわして落ち着かないアレクセイは、長い脚を組みなおし、ワインを口にした。

しばらくして先ほどの護衛騎士が戻ると、セルゲイは近くにいるアレクセイにも聞こえるように報告をさせた。

「エレオノーラ様はお帰りになられました」

セルゲイは予想しなかった答えに、騎士に詰め寄る。

「なんだって!?　もう帰ったのか？　エレオノーラ様に何かあったのか？」

セルゲイの言葉に護衛騎士が頷き、エレオノーラの身に起こったあらましを伝えた。それを聞いたアレクセイは青筋を立て、怒りを隠さずに口を開く。

「エレオノーラはワインをかけられた上に、帰らされたと。護衛騎士は何をしていたんだ？」

アレクセイの問いに、セルゲイが諫《いさ》めるように答える。

「恐れながら陛下。エレオノーラ様の妹君がワインをかけるとは、担当の騎士も予想できなかったかと。それに身内の間での出来事ですから、騎士が口を出すことはできません」

一連の報告で、秘された薔薇だと言われるエレオノーラが、なぜ秘されていたのかをセルゲイは理解した。エレオノーラは家族から虐げられているのだろう。そして、アレクセイもセルゲイと同様の考えに至ったようだった。怒りに満ちたアレクセイを久しぶりに見たセルゲイは焦《あせ》った。

「と、ところで、陛下。先ほどのエレオノーラ様との会話の真意は？」

「なんのことだ？」

「あの料理のことでございます」

セルゲイは、舞踏会が終わってから聞くつもりだったハムとパイの話をアレクセイに振った。あのとき、アレクセイは今までに見たことのない優しい笑顔をしていたからだ。

「……？　そのままだが？」

「は、そのままとは？」

「だから、言葉通りだ」

「他意はなかったと？」

「おまえが何を言いたいか分からん」

セルゲイはアレクセイの答えに納得できなかったが、それ以上追及することもできず、しばらくの間、頭を悩ませるのだった。

◇◇◇

アレクセイはすでに城を後にしたというエレオノーラの身を案じていた。初めて会ったにもかかわらず、なぜこんなにも気になるのか分からないまま、エレオノーラとの会話を思い返す。

悪魔皇帝と恐れられているアレクセイを怖がることなく、エレオノーラは真面目《まじめ》な顔をして一番目に好きなものがハムで、二番目がパイだと言った。ハムを尊いものだと、そしてパイは彼女に与えられたもっとも大切なものだと、幸せそうに語る姿が脳裏から離れない。

エレオノーラの美しい唇からこぼれるように発せられた『ハム』という響きに、アレクセイは懐かしさと愛おしさを覚え、パイを思い出さずにはいられなかった。彼のことをハムちゃんと呼んだパイだけが、彼を慈しみ愛したのだ。

しかし、パイはドナートによって殺され、もうこの世には存在しない。

アレクセイは苦々しい顔をして、ぐいっとワインを飲みほした。

「陛下、どうなさいましたか？」

セルゲイが常とは異なる様子のアレクセイに尋ねるが、アレクセイはその問いに答えず、新たなグラスを給仕から受け取る。

「陛下、エレオノーラ様のことがご心配なのですね？」

「……」

「大丈夫ですよ。陛下の騎士は精鋭揃《ぞろ》いです」

セルゲイがそう言うと、アレクセイは何とも言えない顔をした。

「心配はしていない。余計なことを言うな」

アレクセイは、自身の感情に戸惑いを覚えるばかりだった。

第四章

ハムとパイとグリフォンと

A SILENT LADY
&
COLD EMPEROR

継母《ままはは》たちに先に帰るように命じられたエレオノーラは公爵家の馬車に乗って城を出た。

（また、ソフィアにべべを汚されただ。まったくワインもべべも粗末にして、もったいないっぺよ！家に着いたら、シミ抜きするだ）

彼女がドレスの染みを見つめていると、馬車が停まった。まだ城を出て十分も経《た》っていない。

「エレオノーラ様、ここからお一人でお帰りになってください。……辻《つじ》馬車をご用意しますので」

御者から申し訳なさそうに声をかけられたエレオノーラは、何も言わずに軽く頷《うなず》く。

（まったく、継母は面倒くさい嫌がらせするだな。そんなことなら、はじめっから馬車に乗らないで歩いて城から帰っただよ。……うんにゃ、こんな綺麗《きれい》なべべ着てると、追い剥《は》ぎにあうかもしんねえな。人間は怖いっぺ）

御者は辻馬車の停車場所近くに馬車を停め、エレオノーラの帰りの足を手配している。その間、彼

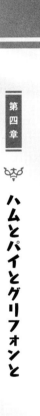

女は馬車の中から街を眺めた。

帝国が誇る大陸一の大都市ケントルグラードは、光魔石の街灯が輝き、夜でも明るい。

(魔の森は夜は真っ暗で、月明かりくらいしかなかっただ。でもお星さんがキラキラしてて綺麗だったっぺ)

エレオノーラとして生を受けてから、前世への郷愁の念にかられることは度々《たびたび》あるが、今夜は特に切ない気分になっていた。

(オラ、魔の森に帰りてえだ。……皇帝陛下のお姿がハムちゃんに似てるせいで、オラ、ハムちゃんが恋しくなっただ。会いてえなあ、ハムちゃん。会いてえだ。ハムちゃん、元気にしてるか？　お漏《も》らししてねえか？　腹空《す》かせてねえか？　泣いてねえか？)

エレオノーラにとって、ハムちゃんはずっと子供のままである。あれから十七年以上経っていることは理解しているが、彼女の中では、永遠に賢くて可愛い、愛《いと》おしい子供なのだ。

しばらくすると、御者がエレオノーラに声をかけドアを開けた。

「足元にお気をつけて、お降りください」

御者の言葉にエレオノーラは頷き、ゆっくりと馬車から降りる。そして、すぐ近くの辻馬車に向かっていると、白い詰襟を着た端整だが強面《こわもて》の大柄な騎士に声をかけられた。

「失礼いたします。私は白騎士団のオレーク・トロポフと申します。プルプレウス公爵令嬢の護衛を陛下より命じられております。私どもで馬車を用意しますので、どうかこのままお待ちください」

突然のことで、エレオノーラは詐欺か何かかと疑うが、先ほど皇城で見た騎士の制服と同じことから、騎士というのは本当なのだろうと思い至る。騎士団の制服を所属騎士以外が着用するのは重い犯罪行為だ。

（オラ、護衛されるような人間でないだよ。確かにプルプレウス家の娘だけどもさ。皇帝陛下とは、ハムとパイの話をしただけだっぺ。それ以外、何の話もしてねえだ）

「……人違いではございませんか？」

エレオノーラは首を傾《かし》げる。

「いいえ。陛下のご命令で、城にいるときから貴女様を護衛しておりました」

（なんだっぺ！　気づかなかっただよ。すげえなあ、騎士様は。かくれんぼが得意だった魔の森の魔獣でも、オラ、すぐに見つけられたのに。にしても、なしてオラを護衛してんだっぺ？）

エレオノーラが不思議に思っていると、騎士オレークが彼女に尋ねる。

「本当に辻馬車でお帰りになるおつもりですか？」

（歩いては帰らねえぞ。うん。こんな派手なべべ着てたら、絶対に追い剥ぎにあうべ。怖ええだ！）

「……はい」

エレオノーラがそう答えると、オレークは御者に射るような目を向けた。

「君は、か弱い女性をこんな夜遅くに辻馬車で、それも一人で帰らせるつもりだったのか？」

オレークの凄《すご》みに、御者は酷《ひど》く怯《おび》えて、帽子を取ってペコペコと頭を下げる。

「奥様のお言いつけでございます。私も公爵家までお送りしたいのはやまやまでして。しかし、そうすると旦那様や奥様方をお送りすることができません。なにせお屋敷までは馬車で一時間かかるものでして」

「ドレスが汚れたといっても、城の中で待たせて一緒に帰ればいいだろうに。君が主人に逆らえないとしてもだ、馬車の中で待たせることはできただろう」

強面の騎士に責められ、御者の顔が真《ま》っ青《さお》になっている。そこで、エレオノーラが間に入り、頭の中で考えたセリフをゆっくりと口に出す。

「……騎士様。わたくしが早く帰りたいと我《わ》が儘《まま》を申しましたの。この者は悪くありません」

エレオノーラは困ったように微笑《ほほえ》むが、護衛騎士は彼女の妹がワインをかけるところも、母親が先に帰れと言ったのも全て見聞きしていた。

エレオノーラに気づかれずに護衛をせよとの命令だったため、騎乗して公爵家の馬車の後をつけていったらこの有り様で、隠れて護衛をしている場合ではないと、名乗り出たのだ。

アレクセイは、任務遂行において、騎士個人の判断を尊重する。逆に適切な判断ができないものは、アレクセイの騎士にはなれない。

この任務の場合、もっとも重要なことはエレオノーラの安全である。安全が保障されていない辻馬車にエレオノーラ一人で乗せるのは危険だと、オレークは判断したのだ。

エレオノーラは御者に命令した。

「……早くお城に戻《もど》りなさい」

彼女がそう言うと、御者は畏《かしこ》まりましたと答えて、いそいそと御者台に乗り込み、すぐさま馬車を走らせた。馬車が城に向かうのを見届けて、エレオノーラはオレークに話しかける。

「……騎士様。わたくしは平気ですので、お気になさらないでくださいまし。ちゃんと辻馬車も用意してくれていますもの」

(オラ、ちゃあんと、馬車で帰るだよ。歩かねえから、心配いらんっぺ、騎士様！)

「いいえ。そういうわけにはまいりません。さあ、もう少ししたら城から馬車が到着します。ずっと立っておられてお疲れでございませんか？」

エレオノーラは首を横に振った。

「……本当に平気ですのに。お気遣いありがとうございます」

オレークは帝国の紋章が入っていない馬車が到着すると、すぐにエレオノーラを乗せた。そして彼自身は騎乗して、馬車の横にぴったりとくっついてプルプレウス公爵家までエレオノーラを護衛する。車窓から見えるオレークに、エレオノーラは困惑した。ここまでして、自宅まで送られる理由が皆目見当がつかないのだ。

馬車は公爵家の門扉《もんぴ》を抜け、本館前で停車した。しかし、公爵家の上級使用人たちは誰一人彼女を迎えない。正面玄関からでなく、裏からこっそり出てきたメイドのリラとラリサだけが、彼女の帰りを待っていた。

「……出迎えありがとう」

そう言って、エレオノーラが美しく微笑むと、メイドの二人は頬を染めて頭を下げる。次にエレオノーラは、馬から降りたオレークに護衛してもらったお礼の言葉を述べた。

「……騎士様、ありがとうございました」

オレークは目礼をするが、立ち去ろうとしない。どうやらエレオノーラが自宅に入るまで護衛をするつもりらしい。しかし、エレオノーラの自宅は離れであり、本館には用がない限り足を踏み入れることが許されていなかった。

「……騎士様、わたくしの家は本館ではありませんの」

エレオノーラは困り顔でそう告げる。

「それでは、そちらまでお送りいたします。私の任務であります」

「……」

エレオノーラは、メイドのリラとラリサの方を見た。ドレスを脱ぐためにもメイドたちの手が必要である。二人は了解したとばかりに頷いた。

「……でも、一人ではありませんのよ？　メイドたちと一緒に行きますから」

それでもオレークは納得しない。結局、メイド二人を連れて再び馬車に乗り離れまで送ってもらうことになった。

「エレオノーラ様、この馬車すごいですね！　地味に見えるけれど、座席は最高級の生地ですよ。それに揺れも少ないし」

「私たちが乗っていい馬車じゃないことは確かですよね？」

二人のメイドのはしゃぎように、エレオノーラは表情を和《なご》ませる。

「騎士様もかっこいいし！　金髪に青い目！」

「私初めてこんな近くで、白騎士団の方見たわ！」

馬車と並走する騎乗のオレークに興奮する二人にエレオノーラは苦笑いをする。騎士は乙女の憧れの存在なのだ。

離れの前で馬車は停車した。エレオノーラはオレークが差し出す手を取り、馬車を降りる。そこには、彼女の愛しい我が家があった。

「……騎士様ありがとうございました」

「いいえ。陛下のご命令に従ったまでです」

その言葉の通り、オレークはエレオノーラが家に入るまで護衛をした。そしてメイドのリラとラリサによって、化粧を落とされドレスを脱がされたエレオノーラは、疲れもあってすぐに眠りに落ちた。

翌日、エレオノーラはいつものように早起きをして、離れの小さな畑の世話をしていた。

（昨日はパイは食えたけどもさ、ハムちゃんのハムは食えなかったっぺ！　あのハム、食いたかっただ）

畑には人参の可愛らしい花が咲いている。一部の人参は収穫せずに種を取るために花を咲かせるのだ。

(花はめんこい。来年もまた美味《おい》しい人参が穫《と》れるといいっぺな)

畑では人参だけでなく他の野菜も育てており、エレオノーラは小さな畑と呼んでいるものの、畑と言うにはあまりに狭く、他の人には花壇にしか見えない。

(野菜はええなあ。手間暇かけりゃ、それだけ応えてくれるっぺ)

エレオノーラは、愛おしそうに人参の花に触れた。

畑の世話を終えると、彼女は帽子を取り、まとめていた髪の毛をほどく。金色の髪の毛を輝かせ、少し上気した顔でほうっと息を吐いた。

離れに戻ったエレオノーラは着替えて、朝食を簡単に済ませて手際良く片付ける。一息ついたところで、絹のハンカチを取り出して刺繍《ししゅう》を施していると、一角ネズミが膝の上に乗ってきた。

「危ないっぺよ、いっかくちゃん。針が刺さったら大変だっぺ！」

一角ネズミを下ろそうとするが、なかなか言うことを聞いてくれない。

「もう、いっかくちゃんは甘えんぼうさんだっぺな」

エレオノーラはハンカチと刺繍針をテーブルに置いて、きゅいきゅいと鳴く一角ネズミと遊ぶことにした。

「はあ、めんこい、めんこい。いっかくちゃんは、めんこいっぺ」

すると、一角ネズミが答えるようにキュイッと鳴く。

「でもな、ハムちゃんがいーちばん、可愛いだ。……ああ、すまねえ、いっかくちゃん！」

思わず本音が出てしまい、エレオノーラは一角ネズミに謝る。

（昨日、ハムちゃんに外見がよく似た皇帝陛下を見たけどな、ハムちゃんはもっとええ子だったたっぺ。全然違うだ）

そして、魔の森の日々を懐《なつ》かしく思いながら、一角ネズミを撫《な》でた。エレオノーラは、ハムちゃんとともに過ごした魔の森の三年間を心の拠《よ》り所にして、今世を生きている。あの三年間があるからこそ、誰にも愛されなくとも、捻《ひね》くれることもなく真っすぐに生きているのだ。

今日もエレオノーラはいつもと変わらず離れで一人静かに過ごすはずだったが、急に父親に呼び出されて本館に向かうことになった。

（なんだっぺ。本館には来るなって言ってたくせに、オラに来いだなんて。というか、あの父親、働いているところ見たことないっぺ。お貴族様ってえのは、支配階級だから不労所得で糧を得てるって、ローマン先生から習ったけどもさ、オラの父親は本当に何にもしてねえだ。いや、なんもしないでええんだ。あの父親は、余計なことすっから、大変だっぺ）

彼女は先代当主から仕えている優秀な家令に、心から感謝している。

（あの家令さんがいなけりゃ、この家は借金まみれだったたっぺ。おかしいだよ、領地の税率も高え方だって先生が言ってたけどもさ、父親は、その金を減らすことしかできねえんだもんな）

ローマンは貴族令嬢の家庭教師にもかかわらず、反貴族主義的なことを教えていた。エレオノーラに貴族が当たり前のように持っている特権階級の意識がないのは、前世の記憶のせいだけではなく、ローマンの影響も大きい。

彼女は重い足取りで父親の書斎に向かった。

ドアをノックすると、父親から入るように促《うなが》される。

「……失礼いたします」

彼女が軽く腰を落として挨拶をすると、父親の側に立っている家令は優しい笑みを向けた。エレオノーラも彼に微笑み返す。

(家令さん、いっつもありがとな！　おめのお陰で、どうにかこの家は潰れねえでいるんだっぺ。それにオラに親切だっぺ。本当なら、オラ、継母たちに事故に見せかけて殺されてるかもしんねえのに、そうならないように手をまわしてくれてんの、知ってるだよ)

家令は離れで一人暮らすエレオノーラを不憫《ふびん》に思いつつも、無能な父親の尻ぬぐいで忙しく、今以上に手を差し伸べることはできなかった。屋敷のことを取りまとめる執事は完全に継母の言いなりで、屋敷を離れることが多い家令にできることは、エレオノーラが殺されないように継母たちの視界から遠ざけることくらいだ。

エレオノーラはそのことをローマンから聞いて知っていた。平民のローマンは反貴族主義で継母たちを嫌悪していたため、決して継母たちの言いなりにならないと踏んだ家令は、彼にエレオノーラのことを頼んでいたのだ。

彼女が置かれている状況をほとんど知らない父親は、エレオノーラに嫌そうに話しかける。

「なぜかソフィアではなく、おまえが皇帝に呼ばれている。おまえ、色目でも使ったんだろ。まあ、いい。とにかく皇帝に嫌われぬようにしろ。分かったか」

挨拶もせず、用件だけを告げる父親に、エレオノーラは答えた。

「……わたくしとソフィアを間違えているのかもしれません」

（昨日、屋敷まで送ってくれた騎士も、護衛を頼まれたのはプルプレウス公爵令嬢と言ってたっぺ。名前を言ってねえから、オラじゃねえかもしんねえだ）

「いや、この書面にはエレオノーラと話の続きをしたいと書いてある。おまえ、一体何を話したんだ？」

ハムとパイの話をしただけのエレオノーラは目を伏せて、どう答えようかと思案した。困惑し、憂《うれ》えているような様子に、家令が助け舟を出す。

「旦那様、おそらくエレオノーラお嬢様も、理由をご存じないのでしょう」

父親は不満そうだが、家令には頭が上がらない。つい先日も儲《もう》け話にのって資産を大幅に溶かして、それをどうにかしてくれたのがこの家令なのだ。

「とにかく、エレオノーラ。明日、登城しろ。粗相はするなよ」

そう言うと、犬を追い払うように、しっしと手を振るので、彼女は離れに戻った。

(明日、また、お城に行くっぺか！　まったく面倒だっぺよ)

エレオノーラは、コルセットをぎゅうぎゅうに締められてドレスを着ていくと思ったら、げんなりした。

(オラ、何したっぺ。ハムとパイの話しかしてねえだよ。そういや、皇帝陛下はパイを処分しろと言って、後から処分しなくていいと、命令をひるがえしたっぺ。きっと、陛下はパイが好きだけど、なんかの理由で好きじゃないフリをしたんだべな！　その証拠にパイの種類も聞いてきただ。嫌いだったら、そんなこと聞かねえっぺ。……よし、オラが最高のパイを作ってやるだ！　そしてパイが好きだって言わせてやるっぺよ！　パイはハムちゃんが好きな最高の料理だっぺ！)

エレオノーラはアレクセイにパイが好きだと言わせるために、パイの用意を始めた。果物やクリームのパイに、肉のパイ……。

五種類作り終えたころには、すでに日が暮れていた。


翌日、エレオノーラはアレクセイと会うために、ドレスに着替えて化粧をせねばならなかった。エレオノーラの身支度を整えるのは、メイドのリラとラリサだ。この二人はエレオノーラ信者である。

「エレオノーラ様の髪は太陽のごとく煌《きら》めいて、肌は白磁のようにお美しいですね」

リラがエレオノーラの髪の毛を整えながら言うと、爪の手入れをしているラリサも大きく頷く。

「このような美貌をお持ちの方は、帝国を隈《くま》なく探してもおられません。しかも、エレオノーラ様は見た目だけでなく、心もお美しい方です」

(何言ってるだ？　この二人、大丈夫だっぺか？　裏があるようには思えねえが、なんか悪いもんでも食っちまったか？　もしかして幻覚が見えるキノコでも食ったでねえか？　素人《しろうと》はキノコは食っちゃなんねえぞ)

エレオノーラは二人の体調を気にしつつも、このように自身を褒《ほ》められることは滅多になかったので、照れ臭くなり頬を染めた。

今世の己の美しさはそれなりに認識しているが、前世でバケモンと呼ばれていたこともあり、肌が緑色でなく綺麗な服を着ていれば、大体どんな人でも美しいと思ってしまう。

例外はハムちゃんだけである。彼は人形より美しかった。

(美しいってのは、ハムちゃんみたいな子のことを言うだ。あのめんこいハムちゃん見たら、みんな悶《もだ》えるっぺよ)

そして、いくら面映《おもは》ゆくても、褒められたらお礼を言うべきだろうと、エレオノーラはゆっくりと言葉を口にする。

「……大袈裟《おおげさ》でしてよ。でも嬉しいわ」

エレオノーラがはにかんで言うと、二人のメイドは感極まった様子で涙ぐむ。

「そんなことありません！　私たちはエレオノーラ様のお世話ができて死ぬほど幸せです！」

リラとラリサが互いに頷き合ってそう言うが、エレオノーラの世話は大して旨味《うまみ》がないはずだ。むしろ、左遷《させん》に近いのではないだろうかとエレオノーラは考える。

(もしかして、本館で意地悪な使用人に虐《いじ》められてんのか？　もし、そったらことがあるんなら、オラがなんとかしてやりてえだ)

「……あなた方、本館でのお仕事が辛《つら》いのかしら？」

エレオノーラが心配そうに尋ねると、二人はブンブンと首を横に振る。

「違います！　エレオノーラ様のお世話ができて幸せなのです！」

そう答えられて、ますます理解できない。

「……そう。でも困ったことがあったら、言ってね」

椅子に座っているため、上目遣いになりながら彼女が言うと、二人は鼻息荒くありがとうございますと返してきた。

(鼻息荒いし、おかしいだ。やっぱり変なキノコ食ったんだっぺ。絶対そうだっぺ！)

ともあれ、二人のメイドはエレオノーラを美しく装った。ドレスは以前お茶会で使用したもので、公爵令嬢が着るには大変安物ではあったが、エレオノーラが着ると何故か高級に見えるので問題はない。アクセサリーも紛《まが》い物だが、本物に見えてしまうからエレオノーラの美貌は恐ろしい。

仕事をやり遂げた達成感でいっぱいの二人のメイドに見送られ、離れの前につけられた馬車にエレオノーラは乗り込む。彼女たちは、馬車が見えなくなるまで頭を下げていた。

パイを五種類入れた籠を持って、エレオノーラは一人で城に向かった。継母の嫌がらせで彼女には一人も侍女がついていないのだが、父親はエレオノーラにまったく関心がなくそのことを知らない。彼もまさかエレオノーラが一人で行くとは思ってもないだろう。

城に着くと、一昨日護衛をしてくれた白騎士オレークがアレクセイの下《もと》まで案内してくれた。メイドのリラとラリサが格好いいと騒いだ、あの騎士だ。

「お荷物、お持ちします」

「……お気遣い痛みいります。でもそれほど重くありませんので」

窮屈なドレスも令嬢言葉も苦手なエレオノーラは、憂鬱な気持ちを隠すように目を伏せて、答えた。

(今日はこんな風にずうっと令嬢言葉話さねえとなんねえだなんて、面倒くさいっぺよ！)

エレオノーラの心の叫びが通じるわけもなく、オレークは手を差し出す。

「私は騎士ですので、女性に荷物を持たせるわけにはまいりません」

エレオノーラは、オレークの差し出す手を見た。ごつごつしていてタコができている。

(騎士様ってえのは、おなごに優しいんだっぺ。確かに本ではそう書いてるだ。でもオラは騎士様に殺されただ)

彼女は小さく頷いて、籠を渡した。すると受け取ったオレークが、おやっという顔をする。

「ご令嬢が持つには、少々重たいですね」

「……さようでございますか」

しかし、畑仕事も家事もするエレオノーラにとっては、大して重くない。

（パイが五個入っているだけだっぺ。重くないだよ？　世の中のご令嬢の体力が心配だっぺよ）

一般的なご令嬢方に対して余計な心配をしながらオレークの後をついていくと、中庭に面したサロンに通された。古い城の一室だが、室内装飾は瀟洒《しょうしゃ》で軽やかな空間に整えられている。窓際には、白いテーブルが用意され、庭が眺められるようになっていた。

先に席に着くように促されたエレオノーラは、背筋をピンと伸ばしつつも女性らしく柔らかく見える姿で景色を楽しむ。彼女が耕す畑とは違って、華やかな花が咲き誇る庭だ。

そして待つこと数分。少し髪を乱したアレクセイがやってきた。

その姿は、ハムちゃんが魔の森の中で木の実を沢山《たくさん》摂ってきて、彼女に早く見てもらいたくて、走って向かってくる姿と重なる。

（なんか、ハムちゃんみてえだ。この間とは違って冷たい目をしてねえ。本物のハムちゃんみてえだ！　なんでこんなに似てんだっぺ？）

エレオノーラは驚きつつも、椅子から立ち上がり優雅に淑女の礼をする。

「……本日はお招きに与《あずか》り、ありがとうございます」

アレクセイはまじまじとエレオノーラを見つめ、そして小さく微笑んだ。

「そんなに畏まらないでくれ。今日は俺と君の二人きりだから、楽にするといい。さあ、座ってくれ」

アレクセイは砕けた言葉で話しかけるが、エレオノーラはそれどころではなかった。

(びっくりしただ！　ハムちゃん、そっくりだっぺ！　一昨日の舞踏会での皇帝陛下と違うだ。なしてこんなにそっくりに見えるだっぺか？　陛下はハムちゃんとすごく近い親戚なのかもしんねえだ！　だとしたら、ハムちゃんに会わせてもらえるかもしれねえだ！　ハムちゃん！　ハムちゃん！　ハムちゃん！)

エレオノーラはハムちゃんのことで頭の中がいっぱいになってしまい、思わず涙ぐんでしまう。

「おい、突然、どうしたんだ？　泣くほど俺といるのが嫌なのか？」

憮然《ぶぜん》とした面持ちでアレクセイがエレオノーラに聞くと、彼女は黙って首を横に振った。

「……いいえ。とても懐かしい方を思い出しまして。陛下によく似ておりますの。九歳までの姿しか存じませんが」

(オラが死んだとき、ハムちゃんは九つだっただ。めんこくて、優しくて、賢いハムちゃん。きっと、大人になっても変わってねえ)

エレオノーラはそう言うと黙り込んで、ハンカチで涙を拭《ぬぐ》う。

二人を挟んだテーブルにお茶や軽食が給仕されると、アレクセイが口を開いた。

「君が尊いと言っていたハムだ。あえてそのままで出している」

テーブルには舞踏会で見た薔薇《ばら》を模した生ハムや、燻製《くんせい》ハム、薄いピンクに雪のような白い脂肪があるハム等々、沢山の種類が用意されていた。

エレオノーラは蕾《つぼみ》が花開くような笑みを見せた。

（ああ！　ハムちゃんのハムまつりだっぺ！　オラ結局、前世ではハム食えなかっただ。あんときは、村長さんとこの息子が結婚式でみんなにご馳走《ちそう》してたっぺな。丸太ん棒みたいなのを切り分けてたべ。オラはハレの日だから村にいちゃなんねえって言われただ。でもどこにも行くとこなくて、隠れてたんだっぺ）

エレオノーラのハムに対する憧れはもともと強い。しかも、前世、森で拾った男の子にハムと名付けたものだから、より一層ハムは特別な存在となっている。

「好きなものを食べるといい」

アレクセイがそう言うと、彼女はなんとも幸せそうな表情を浮かべた。

「……ありがとうございます。わたくし、パイを作ったのですが、よろしければお納めくださいませ」

エレオノーラはオレークに預けた籠に視線を向ける。すると、侍従や侍女がささっとワゴンを用意し、籠の中身をワゴンの上の皿に出した。全部で五種類だ。

「……陛下はもしかして、パイがお好きなのではないかと思いまして。もしお嫌いでしたら、どなたか召し上がれる方にお下げくださいませんか？」

アレクセイは自分のために焼かれたパイを見つめた。

「君が一人で作ったのか？」

エレオノーラはゆっくりと頷く。

「……アップルパイ、カスタードパイ、木の実のパイ、ウサギの肉のパイ、うなぎのパイでございます」

これらのパイをエレオノーラが一人で作ったのは、今朝あげられた調査報告でアレクセイに知らされていた。すでに彼女の環境は調べられている。家族に虐《しいた》げられ、幼いころから離れで一人で暮らしていること、花壇で花を育てそれを愛《め》でていること、そしてペットのネズミのような生き物に話しかけること。その際に使用している言語は異国の言葉ではないかと報告書には記されていた。

「よく分かったな。本当はパイが好きなんだ」

アレクセイの頬が緩むのを見て、エレオノーラは嬉《うれ》しそうに目を細める。

（やっぱり、パイが好きなんだっぺ。オラ、パイ作って良かっただ。でも、皇帝陛下が口にすんだから、毒味しなきゃなんねえな。オラが毒味してもええのかな？）

「全てのパイを切り分けてくれ。君も食べるだろう？」

「……はい。毒味はわたくしがしてもよろしいでしょうか？」

アレクセイは、首を横に振る。

「いや、その必要はない。俺には大抵《たいてい》の毒は効かないんだ」

エレオノーラがどういうことだろうかと首を捻ると、アレクセイは苦笑いをした。

「俺には加護があるんだ。昔はもっと忌々《いまいま》しい加護があったが、その残滓《ざんし》とでもいうか。だから毒ごときではなかなか死ねないんだ」

（そういや、ハムちゃんも毒を持った魔獣を触っても大丈夫だったっぺ！　やっぱり皇帝陛下はハムちゃんのすんごい近い親戚じゃねえかな。うん、そうだ、絶対にそうだっぺ！）

「……さようでございますか」

「意外だな。驚かないとは」

「……過去に同じような子供がおりましたので」

（はやく陛下に、ハムちゃんのことを知らねえか聞きてえけど、前世の記憶があるだなんて言ったら頭おかしいと思われるっぺ。どうすっぺかなあ）

「パイをもらおう」

「……どうぞお召し上がりくださいませ」

アレクセイは皿に載ったパイをナイフで切り分けてフォークに刺し口に入れる。それを見て、エレオノーラもハムを食べた。

（ようやくハムちゃんのハムが食えたっぺ！　ほっぺが落ちるくらいにうめえだ！　オラがあの屋敷からもらうハムとは違うっぺ。上品な味のハムで、脂っこくなくて柔らかいだ！　ああ、もっと食いてえのに、よそいきのべべがきつくて食えねえ。うんにゃ、べべがきつくなくても、淑女はあんまり食べちゃなんねえんだっぺ）

エレオノーラはハムを一枚口にすると、心の中で叫びまくった。

彼女が幸せそうにゆっくり食べる姿を、アレクセイは微笑ましく見つめる。

「君はハムが本当に好きなんだな」

（オラ、食いしん坊に見えただか？　はしたないっぺ！　オラ、令嬢なのに、ダメだっぺ！）

エレオノーラは恥ずかしさのあまり、顔を赤らめた。

「他意はない。君はハムが好きなだけだろう？」

アレクセイの言葉に、彼女はこくりと頷いた。

「気にする必要はない。沢山食べるといい」

アレクセイはそう言うと、五種類のパイを一切れずつ口にする。

「うまい。君は料理が上手なんだな」

「……お褒めに与り光栄でございます。パイは特に練習しておりました」

「それはまた、なぜ？」

エレオノーラがパイを好きだと言ったハムちゃんのことを話そうとしたとき、大きな鐘の音がゴンゴンと鳴り響いた。

皇城内だけでなく帝都のあらゆるところから鐘の音が響く中、アレクセイの下に騎士たちが駆けつける。

「何事だ？」

「陛下、魔獣が帝都に進入した模様です。有翼魔獣がこちらに向かってきております」

「魔獣が？　全て殲滅《せんめつ》されたのだろう」

「そのはずでございましたが……」

物々しい雰囲気が漂う中、そのやりとりを聞いていたエレオノーラは胸が躍《おど》った。

（有翼ってえことは、ワイバーンかコカトリスだべかな？　グリフォンだったら嬉しいっぺ。あの子たちはもふもふしてて気持ちいいだよ）

エレオノーラがサロンの窓から遠くの空を見ると、黒い粒のようだが、確かに何かが飛んできているのが分かる。

「陛下、聖女エカテリーナは還俗《げんぞく》しており、聖なる光を出すことはできません」

「……何もせずともよい」

「陛下！」

「おまえたちの力で、どうにかできるのか？　できぬだろう。黒騎士団でも、中型の魔獣を一匹仕留めるのに手こずっていたと聞く。しかも魔獣が殲滅されて十七年が経っている。この国に、対処できる者などいないだろう」

「しかし……！」

「ならば、勝手に避難指示でも出せ。余は何もせぬ」

「……承知しました」

納得のいかない顔をして騎士たちは礼をすると、走り去っていった。その騎士らと入れ替わりに、宰相《さいしょう》が室内に入ってくる。

「陛下！　一大事です！」

「報告は受けている。魔獣が来ているのだろう」

宰相のセルゲイは額《ひたい》の汗をハンカチで拭いつつ、アレクセイに指示を仰ごうとしていた。

「何もするな」

「陛下！　我ら帝国民を見殺しにするのですか⁉」

「おまえたちが勝手に魔獣を殺したのだろう。殺す理由もないのに。ならば、我らが魔獣に殺されても仕方あるまい」

「陛下！」

殺気立っている中で、エレオノーラだけはニコニコ空を眺めていた。その姿にセルゲイはぎょっとした顔をして逃げるように勧めるが、エレオノーラは首を傾げる。

「……ここにいてはいけませんか？」

「すでにお耳に入っているかと思いますが、魔獣がこちらに向かってきています。何事もなく通りすぎればいいのですが、万が一ということもあります」

（万が一ってなんだっぺ？　オラは魔獣と仲良しだ。オラは魔獣に何かされたことはねえ。みいんなオラの友達だっぺ。子供だっぺ）

「……わたくしは気にしません」

「いや、しかし！　陛下も避難なさってください。地下に急いでください！」

「俺は行かない。別に帝国民が死のうと構わない。おまえたちだけ勝手に避難すればいい」

そう言ってアレクセイは優雅にお茶を飲むと、次にエレオノーラを見やった。彼と目があったエレオノーラは微笑む。

「……わたくし、魔獣がもっとよく見えるところに行きとうございます」

彼女の唐突な願いに、アレクセイではなくセルゲイが反応する。

「は？　エレオノーラ様、何を言っているのですか！」

エレオノーラは首を傾げた。

「……魔獣は理由なく襲いません。襲うならば、なんらかの理由があるはずです」

「エレオノーラ様っ！」

彼女が窓の外を目を凝《こ》らして見ると、黒い粒のように見えた魔獣はグリフォンのような動きをしている。

（きっとグリフォンだっぺ！　あれはグリフォンだっぺ！　オラ、もふもふしたいっぺ！）

エレオノーラは椅子から立ち上がり、窓ガラスに手をやり顔をほころばせて遠くの空を眺める。セルゲイはエレオノーラの様子に驚きつつも、アレクセイに懇願した。

「陛下！　あんなにも苦労して皇帝に即位されたのに、そして目的を成し遂げられた今も国のために日々身を粉にしているのに、なぜ、ご自身の命も帝国民の命も大切になさらないのですか！」

アレクセイはセルゲイの言葉に皮肉な笑みを浮かべる。

「別に俺の命も民の命もどうでもいい」

「陛下……！」

セルゲイは、ぐっと拳を作り、アレクセイを睨《にら》んだ。

「陛下が何もなさらないというのならば、私が宰相として為《な》すべきことを為します。帝国民を守るために私が指示を下します」

アレクセイは忌々しげな顔をするだけで、何も言わない。

「陛下、御前失礼します」

セルゲイは一礼すると、その場から去った。

エレオノーラはセルゲイがサロンからいなくなったことも気づかないほど、じっと空を見上げている。もっとグリフォンを近くで見たいと、それだけしか頭になかった。

(オラ、早くグリフォンに会いてえだ！　魔の森で遊んだグリフォンのぐりちゃんはオラよりも頭がよかったっぺ)

相変わらずキラキラした目で空を眺めているエレオノーラにアレクセイが話しかけるも、彼女はグリフォンに夢中で気づかない。アレクセイが彼女の肩を軽く叩《たた》くと、エレオノーラははっとして、目を丸くした。

「君は平気なのか。俺に気を遣っているならば、そんなことしなくていい。地下に避難しろ」

エレオノーラは首を横に振る。

「……もっと高いところに移動してもよろしいでしょうか？　もっと近くでグリフォンを見たく存じます」

「グリフォンなのか？」

彼女は嬉しそうに頷いた。

相変わらず敵襲を知らせる鐘の音がゴンゴンと耳に痛いほど鳴り響いている。

「君は魔獣が怖くないのか。……ああ、そうか。君が生まれる前に魔獣はいなくなったからな」

アレクセイの言う通り、魔獣はエレオノーラが生まれる前にいなくなったとされている。そして、魔獣の恐ろしさは歴史として習い、魔獣を殲滅したことは人類の勝利だと学ぶのだ。

(なして、魔獣を殺すんだっぺ。オラには分からん。それに魔獣はいなくなってねえだ。いっかくちゃんがいるっぺ。めんこい、いっかくちゃん)

「……怖くはございません」

エレオノーラの答えに、アレクセイは笑みを零《こぼ》した。そして、もっと見晴らしの良いところでグリフォンを見たいという彼女の希望を叶《かな》えるべく、屋上へと連れ立つ。この城が要塞であったことを物語る城壁に囲まれた屋上だ。

風がエレオノーラの金色の髪を靡《なび》かせ、太陽がその輝きを反射した。

「どうだ、よく見えるか？」

「……はい。ありがとうございます」

エレオノーラはアレクセイにお礼を言うと、またグリフォンに目を向ける。アレクセイの護衛たちは、この二人の行動を見守るほかなかった。アレクセイの命に逆らうことはできない。辺りはけたたましい鐘の音が響いている。

グリフォンはアレクセイたちのいる皇城の方に向かっていた。全部で三体だ。その姿を見て、エレオノーラは嬉しそうにアレクセイに話しかける。

「……グリフォンたちはこちらに向かっております」

「そのようだな」

この異常な事態の中、二人だけは別世界にいるかのように落ち着いている。いや、エレオノーラはとんでもなく興奮していたが、淑女教育の賜物《たまもの》でそれを隠していた。

間もなく、アレクセイが屋上に行ったことを伝え聞いた騎士たちが弓を携え、彼の下に集まってきた。そしてアレクセイの指示を待つように膝をつく。

「誰がここに来いと命じた？　余は一人で問題ない。下がれ！」

アレクセイはそう言うと、騎士たちを魔法で鋸壁《きょへき》に押しやる。騎士たちの鎧《よろい》が壁に打ち当たりガシャガシャと音を立てた。

（皇帝陛下は癇癪《かんしゃく》持ちだっぺ。おっかねえだ。騎士様たちは大丈夫だっぺか？　すんげえ音がしただ。

それにしても陛下は魔法が得意なんだっぺな！　ハムちゃんも魔力を持ってるけんども、封印されてるって言ってただ。大きすぎる魔力に見合う身体にならないと、魔力にやられちまうからって。今はオラも小さいけれど火を出せるようになっただ！　ハムちゃんに見せてやりてえだ）

アレクセイの魔法に驚きつつ、エレオノーラが騎士たちの方を見ると、散らばった弓矢が目に入った。

「……陛下。まさか騎士様たちは魔獣に矢を向けるつもりだったのでしょうか？」

眉をひそめて、アレクセイに尋ねる。

（なんも悪さしてねえのに。なして、矢を射ろうとするんだっぺ！）

その質問にアレクセイはふっと笑った。

「君は魔獣は怖くないようだが、あやつらは魔獣が恐ろしくてかなわないんだ」

エレオノーラは心底不思議そうな顔をする。

「……なぜ怖がるのでしょうか。魔獣は理由もなく魔の森から人里に出ることはございません」

「なぜ、そんなことが言える？　聖女が魔獣を殲滅する以前は、魔の森の東西南北には魔獣対策として騎士の駐屯地があった。それは魔獣が魔の森から出てくるからだろう。人にとって魔獣は脅威でしかなかった」

彼女は頷いた。

「……存じています。しかし、魔獣は自ら魔の森から出ることはございません」

アレクセイはその答えに目を見開いた。

「君は魔獣を知っているかのようだな」

（まいったっぺ。確かに魔獣は知ってるだよ。オラの友達で子供たちだもの。でも前の人生の記憶があるだなんて、絶対信じちゃくれねえだ。だって、この国の神様はみいんな死んだら、魂は天国に行くって教えてるっぺよ。オラみたいのはいないだ）

答えようがなく困っていると、魔獣が接近しているとの騎士たちの声が上がったので、エレオノーラは空を見上げた。

グリフォンが近づいている。

（あのグリフォンは、ぐりちゃんだっぺ！）

騎士たちは弓を持とうとしたが、アレクセイによって動きを封じられて、壁際に追いやられたままだ。

ほどなくして、三体のグリフォンがアレクセイたちのいる屋上に降り立った。

ふわりと風が舞い、鳴き声が響く。

「ぐりちゃん！」

エレオノーラは両手を広げ一体のグリフォンに駆け寄ると、ぎゅっと抱きついた。一時そうすると、グリフォンの顔を見上げて話しかける。

「ぐりちゃん、こん子らは誰だっぺか？　もしかして結婚して子供ができただか？」

ぐりちゃんと呼ばれたグリフォンは答えるように鳴いた。エレオノーラは破顔して、声が大きくなる。

「そうけ、そうけ！　こっちが旦那さんでこっちが息子さんだっぺな。いやまあ、なんてめんこいんだ！　オラに見せにきたんだっぺな。それにしても、よくオラがオラって分かっただな？　それになんでここにいるのが分かっただべ？」

すると、グリフォンが再び喋《しゃべ》るように鳴き、それを受けてエレオノーラが頷く。

「そうけ、オラの魂は変わってねえし、居場所は魂の匂いで分かるんだっぺか。すげえな、ぐりちゃんは。めんこいし、かっこいいし、賢いっぺ」

そのとき、アレクセイが叫んだ。

「パイ！」

エレオノーラは驚いて、振り向く。

「なしてオラの名前を……」

エレオノーラは訛《なま》った口調で喋っていたことにようやく気づき、口を閉ざした。

（やっちまっただ！　オラ、喋っちまっただ。これじゃ、淑女じゃないっぺ！　まいったっぺ）

「君はパイなのか？」

アレクセイが泣きそうな顔をしてエレオノーラに聞くが、彼女は混乱して何も言えない。

（なして、陛下がオラの前の名前を知ってるだ？　もしかしてハムちゃんがオラのこと教えただべか？　やっぱりハムちゃんは陛下に近い人、多分、兄弟か従弟《いとこ》なんだっぺよ！　顔が似てるのも、そのせいだっぺ。オラ、ハムちゃんに会えるかもしんねえだ！）

エレオノーラはアレクセイがハムちゃんと血縁関係にあると思い至った。そして、もしかしたら転生したという荒唐無稽《こうとうむけい》な話を信じてもらえるかもしれないと期待をする。

「……不思議なことに、わたくしには前世の記憶がございます」

アレクセイはエレオノーラに近づき、手を伸ばす。

「君はパイなんだね」

そう聞かれて、彼女は静かに頷いた。

周囲は騒然として、まだ鐘がゴンゴンとうるさく鳴り響いており、エレオノーラの言葉はアレクセイにしか届いていない。

グリフォン三体に囲まれて目を輝かせているエレオノーラは顔に喜色を溢《あふ》れさせる。

「……陛下は、ハムちゃんのことをご存じなのでしょう？」

アレクセイは目を瞬かせた。

「……ハムちゃんからわたくしのこと、つまりパイのことをお聞きになられたのでしょう？」

エレオノーラはアレクセイがハムちゃん本人だとは思いもしなかった。

「……どうかハムちゃんに一目会わせていただけないでしょうか」

彼女は両手を前で組み、アレクセイに希《こいねが》う。

（皇帝陛下、オラ、ハムちゃんに会いてえだ！　ハムちゃん！　オラのめんこいハムちゃん！）

辺りは相変わらず鐘の音と怒声が響き騒々しい。その中で、グリフォン三体とエレオノーラ、そしてアレクセイだけが他の世界の住人のごとく、喜びと戸惑いに満ちた世界にいた。

その空間に一人の闖入者《ちんにゅうしゃ》が現れる。息を切らして屋上に来たセルゲイだ。

「陛下！　ご無事ですか！　民への避難指示は部下に任せました。私は宰相という立場を捨ててでも、あなたをお守りしたい！　魔獣よ、私を食え！」

セルゲイはそう叫ぶと、決死の形相でグリフォンの前に立ちはだかり、アレクセイを背にして両手を広げる。

「何をやっているんだ、セルゲイ」

アレクセイは呆《あき》れていた。

「陛下、ここは私がお守りします！」

振り向かず答えるセルゲイに、アレクセイは説明する。

「おまえ、勘違いしているぞ。グリフォンはおまえを食わぬ。というか、人を食わない。人間を食うとしたら三つ目赤熊くらいだ。あの熊は雑食でな」

（皇帝陛下も、三つ目赤熊のこと知ってるっぺ！　あの熊っころ、オラのハムちゃん食いやがっただよ。オラ、話を聞いたとき、あの熊っころをズタズタに殺して鍋にしようかと思っただ）

「陛下、それは本当ですか？　この魔獣は大丈夫なのですか？」

「大丈夫だ」

「どうして、そう言い切れるのですか⁉」

二人の会話を聞いていたエレオノーラが、セルゲイに話しかける。

「……宰相様。ぐりちゃんはそんな野蛮なことはしません」

「ぐりちゃん？」

エレオノーラはゆっくりと頷く。

「……この子はグリフォンのぐりちゃん――」

（ぐりちゃんは、オラに会いにきてくれたって言ってるだ。でも、宰相様はぐりちゃんの言葉、信じられねえだろうな。魔獣の言うことはオラには分かるけんども、普通の人間には分からんっぺ。どうしたもんだべかな）

「エレオノーラ様はこの魔獣を知っているのですか？」

彼女がセルゲイの問いを肯定する前に、アレクセイが答えた。

「エレオノーラは魔獣を従える能力があるようだ。先ほど突如《とつじょ》として開花した能力らしい。魔獣殲滅以降に生まれた彼女は、魔獣のことについては書物でしか知らないはずなのに。誠に素晴らしい能力ではないか！　聖女の聖なる光なんぞよりも素晴らしい！」

（皇帝陛下、なして、そんな嘘《うそ》っこを？）

アレクセイの突拍子もない発言をエレオノーラは訝《いぶか》しげに思ったが、聡《さと》い彼女はすぐに彼の真意を理解した。

（……！　そうだっぺな、オラが魔獣と仲良しだったら、まずいっぺ。オラが、ぐりちゃんたちで帝都襲撃したと思われるだ。オラ、やっぱりバカだっぺ！）

　エレオノーラはアレクセイの意図に気づくと、目で感謝を伝える。

「エレオノーラ。君にグリフォンたちを任せてもいいだろうか？」

　彼女は大きく首を縦に振った。

「セルゲイ。そういうことだから、今、城に詰めている大臣や騎士たちには、これから俺が説明をする。彼らを城内の広場に集めてくれ。まずは、魔獣は決して暴れることはないと伝えろ。そして、俺の言葉を信じられない臣下などいらぬともな」

　アレクセイの指示によって鐘の音も止み、ようやく静けさを取り戻した。壁際に打ち付けられていた騎士たちも整列をし、アレクセイの前で片膝をつき頭を下げる。

「そなたたちは余の言葉を信じられなかったか。余が魔獣を恐れぬことを、しかと覚えよ」

　そう言うと、アレクセイは騎士たちを屋上から退け、エレオノーラと二人きりになった。

　そして、アレクセイはエレオノーラと再び向き合った。しばしの沈黙を経《へ》て、エレオノーラが口を開く。

「……陛下。先ほどはありがとうございました」

　彼女の言葉にアレクセイは目を細める。

「いや、君を帝都襲撃犯にするわけにはいかないからな」

（この優しい目はハムちゃんと瓜二《うりふた》つだっぺな！）

「……陛下はハムちゃんをご存じなのですね。ハムちゃんはどこにいるのでしょうか。遠くからでもよいので、一目見とうございます」

アレクセイは少し思案して答えた。

「エレオノーラ。そのハムちゃんという男とは随分と昔に会ったきりだ。魔の森でパイという女性に世話になったと話していたよ」

すぐにでもハムちゃんに会えると思っていたエレオノーラが肩を落とすと、アレクセイはハムちゃんの話題を切り上げて話を続ける。

「それよりも、君には今日から魔獣を従えることができる唯一の人間として振る舞ってもらうことになるが、大丈夫か？」

エレオノーラは真剣な顔をして頷いた。


エレオノーラを屋上に残して、広場に移動したアレクセイは、大臣らをはじめとした有力貴族や騎士たちに、魔獣は帝国を襲いに来たわけではなく、魔獣を統《す》べる能力を保持したエレオノーラに挨拶に来ただけだと説明をする。

しかし、言葉だけでは納得のいかない者が大半である。その意を汲《く》んだセルゲイが、アレクセイに進言した。

「陛下。どうぞ、その証左をお示しください。ここにエレオノーラ様と魔獣をお呼びください」

「そなた、余の言葉が信じられぬというのか」

「いいえ、滅相もございません」

「人の方がずっと悍《おぞま》しいというのに……」

アレクセイはそう小さく独りごちた後、臣下たちに言葉を発した。

「プルプレウス公爵家のエレオノーラをここに呼ぶ。そして、真実をその目でしかと確かめよ」

アレクセイの言葉を受けて、セルゲイが騎士の一人に彼女を呼ぶように命じた。

そして、言伝《ことづて》を預かった騎士が急いで屋上まで駆け上がり、エレオノーラに広場に行くように伝えると、彼女はうっすらと微笑んで承知する。

（でもなあ、ぐりちゃんたちは、でっけえから、扉につっかえるだ。扉だけでねえ、通路も狭いっぺ。んなら、オラ、ぐりちゃんの背中に乗っけてもらって広場に降りちまおう）

エレオノーラは以前の生でも、ぐりちゃんと呼んでいるグリフォンの背中に乗ったことがある。といっても魔の森の上空だけだが。彼女は魔の森から出ることを恐れていた。

「……グリフォンの背に乗って、広場に降ります」

騎士はその言葉に驚いて絶句するが、エレオノーラはそれを承諾だと捉えた。

（ぐりちゃんたち、オラと一緒に広場に行くっぺよ！　さあ、その背に乗っけてくれ！）

エレオノーラがグリフォンたちに目で語ると、ぐりちゃんは足を畳んで頭を低くする。

「魔獣が人間に服従するとは！」

「こんなことがあるのか！」

騎士たちがどよめく。彼らにはグリフォンがエレオノーラを主と仰いでいるように見えたが、実のところ、ぐりちゃんは彼女を背に乗せるために姿勢を低くしただけである。

（さすがにこんなべべ着て跨《また》ったらダメだっぺな。横乗りってえのか？　あれをやんなきゃならねえな）

エレオノーラはぐりちゃんの首を掴《つか》んで、羽の邪魔にならないように横乗りをした。

高揚した気分の彼女は眩《まばゆ》い笑顔でグリフォンに乗って、太陽を背に広場に降り立つ。

その姿はまさに、天使が地上に舞い降りたような神々しさがあった。

「陛下の言ったことは本当のようだ……」

「魔獣を初めて見たが、なんと美しい生き物なのだ」

「プルプレウス公爵令嬢は魔獣を使役する女神か何かか？」

広場にいる者たちがそれぞれに口に出す言葉は、恐れではなく、敬畏《けいい》の念からのものだ。

エレオノーラはぐりちゃんの背中からゆっくりと降りると、アレクセイの前で淑女の礼をとる。

「楽にしてよい」

アレクセイの言葉で、エレオノーラは顔を上げると、彼はわずかばかり微笑んでいた。その笑みはハムちゃんを彷彿《ほうふつ》とさせる。

（ハムちゃんみたいだっぺ！　ハムちゃんに似てるっぺ！　うんにゃ、ハムちゃんにしちゃあ、とんでもなく捻くれもんだ。食べ物も粗末にしようとするし、やっぱりオラが知ってるハムちゃんじゃねえだ。だども、似てるっぺ！）

アレクセイはエレオノーラの手を取り、臣下の前で宣言した。

「エレオノーラ・ルナ・プルプレウス公爵令嬢は、見ての通り、魔獣を統べる力を神より得た」

その言葉に、広場は水を打ったように静まり返る。その後、大きな歓声が上がった。エレオノーラは驚いて、目を大きく見開く。

（みんな、落ち着いてけろ！　陛下が言ってることは荒唐無稽でおかしいだよ！　オラにそんな力はねえし、神様から貰《もら》ったこともねえだ。オラはただ、魔獣と仲良しなだけだっぺ。いや、でも、魔獣と仲良しってバレたら、オラ、多分殺されるだな。あんとき、魔の森でみんなと一緒に殺されたみたいに）

エレオノーラは混乱しつつも、この状況を受け入れ、皆の前で優雅に礼をした。彼女は下手に言葉を発しない。

歓声が収まらないうちに、アレクセイはエレオノーラの前で膝をつき、彼女の手の甲に口づける。

「エレオノーラ。一人の騎士として誓おう。君を一生守ると」

彼女は突然のことに、目を大きく見張った。頭の中が真っ白になった。

（……！　オラ、絵本で見たお姫様みたいになってるっぺ！　恥ずかしいだよ。こんなハムちゃんと同じくらい綺麗な陛下に手を取られるだなんて。どうするだ、オラ。でも、返事をしなけりゃなんねえだ）

顔を真っ赤にしたエレオノーラは、黙って頷くだけで精一杯だ。一方、広場に集まった者たちは、かの冷徹で残忍な皇帝アレクセイがエレオノーラに膝をつき忠誠を誓ったことで、彼女が真に力を得た女性だと認識したのだった。

その後、エレオノーラはぐりちゃんに色々と尋ねるために、広場から城内にある中庭に移動した。

「……陛下、人払いしていただけたら幸いでございます」

「分かった。俺はここにいていいんだな」

「……パイをご存じならば、わたくしの発言に驚かれないでしょう」

アレクセイはエレオノーラ以外の全ての者を中庭から追い出した。

「よし、これでいい。少しでも聞かれたくなければ、防音魔法もかけるが」

（なんだっぺ？　そんな便利な魔法があるんだべなあ！）

「……是非お願いいたします」

アレクセイは事もなげに魔法をかけた。一見何も変わってないように見えるが、外の音が完全に遮断されていることがすぐに分かる。そして、グリフォンとアレクセイの息遣いだけがエレオノーラに

伝わった。グリフォンの息遣いが大きすぎて、アレクセイのそれはほぼ聞こえないが、アレクセイの息遣いになぜかドキドキして、戸惑う。

（なんだっぺな？　皇帝陛下の息に、なしてドキドキするっぺ？　ちょっとオラ自身にも意味が分からねえだ。やっぱりハムちゃんに似てるからだべか？　でもハムちゃんと違って大人だっぺよ）

ほんの少し頬を染めたエレオノーラに、アレクセイが表情を緩める。

「さて、これで自由に話していいぞ」

「……ありがとうございます」

エレオノーラはグリフォンのぐりちゃんに触りながら話しかけた。

「よーしよしよし、ぐりちゃん。元気そうでなによりだっぺ。それにしても、魂の色が見えるからって、よくオラのこと分かったただな。魂の色だなんて、ぐりちゃんはすげえもん見えてんだなあ」

エレオノーラはぐりちゃんの胸元のふわふわした羽毛に顔を埋《うず》める。

「ぐりちゃんは魔の森で殺されんかったんだな。……そうだ、そうだっぺ、その前に婿《むこ》さん探しに遠くに旅しに行ったんだっぺな。あんとき、オラ、寂しかっただよ。でもな、その後に、ハムちゃんっていう、めんこい天使のような男の子と出会ってな、オラ、世界一幸せになっただ。ハムちゃんのお陰で、オラ、とおっても楽しくて幸せな日々を過ごせたっぺ。ハムちゃんは頭が良くて優しくて、いい子だっただ。……オラ、ハムちゃんに会いてえだ」

ハムちゃんを思い出したエレオノーラは目に涙を浮かべる。

「ぐりちゃんにも、こうやって会えたんだから、ハムちゃんにもいつか会えるっぺな。ぐりちゃんたちは、これからどこで暮らすんだ？　当分は魔の森にいるって？　ええ？　魔の森には魔獣たちが少しずつ戻ってきただって⁉　どういうことだっぺ？」

魔の森に魔獣がほんの少しずつ増えていると耳にして、アレクセイがぐりちゃんに尋ねた。

「どこから、戻ってきているんだ？」

その質問にぐりちゃんは答えるが、アレクセイには分からないので、エレオノーラが通訳をする。

「……魔獣たちは自身の種を守るため、例えば災害などで種を絶やさないために、それぞれで魔の森の地下深くに眠りについているとぐりちゃんは申しております。時期がきたら交代すると。今、魔の森にいる魔獣は、地下で目覚めて、交代のために地上に出てきたとのことでございます」

ぐりちゃんの説明をアレクセイに伝え終わると、エレオノーラはボソッと呟《つぶや》いた。

「難しいことはオラには分かんねえけど、起きたら誰もいなくてびっくりしただろうな。かわいそうだっぺ」

アレクセイはぐりちゃんの話を聞いて、皮肉げな笑みを浮かべる。

「人間というのは愚かな生き物だ。魔獣の方がよほど賢いとみえる。魔の森は再び魔獣たちの住む森になるわけか」

エレオノーラは首を横に振る。

「……恐れながら陛下。魔獣は簡単には増えません。繁殖には人間よりも時間がかかりますゆえ」

「そうか。それは仕方あるまい。それより、エレオノーラ、いや、パイ。そんな喋り方せずともよい。グリフォンに話しかけている喋り方でよい。ああやって、俺にも話してほしい」

（なに言ってるだっぺ！　オラ、陛下にこんな口きけねえだよ！）

「……どうか、ご容赦《ようしゃ》くださいませ」

エレオノーラがそう答えると、アレクセイは寂しそうな顔をする。

（なんだって、そんな顔するっぺ。まるで、ハムちゃんが、間違って毒キノコを持って帰ってきたときの顔みたいだっぺ）

エレオノーラは少し考えて、アレクセイに提案をする。

「……でしたら、陛下が防音魔法を使って、わたくしめをパイとお呼びになるときならば――」

「パイ！」

エレオノーラの言葉に被《かぶ》せるように、アレクセイはパイと呼ぶ。エレオノーラは驚きつつも、目尻を下げた。

「陛下が本当にハムちゃんみたいで、オラ懐かしいっぺ」

「ハムちゃんは、パイに迷惑をかけていたのではないか？　魔の森で三年間も世話をしていたのだろう？」

エレオノーラはぶんぶんと顔を横に振る。

「うんにゃ、ハムちゃんは、それはそれはいい子だったたっぺ。オラ、本当に幸せだっただ。でもな、オラ、本当はハムちゃんを魔の森で育てちゃなんねえと思ってただよ」

彼女は言いづらそうに続ける。

「人間ならば、人間の集落で暮らすべきだっぺ。でもハムちゃんがオラに懐《なつ》いてくれるから、オラ、オラ……手放せなかっただ。オラは身勝手だったたっぺ。だから、あんとき、騎士様に殺されてよかっただ。そうでもしなければ、オラ、ハムちゃんと別れることできなかったっぺ。ハムちゃんは、ちゃあんと人間として生きねえとなんねえんだべ」

「……ハムちゃんは、パイがそんなこと考えているとは知らなかったと思うぞ」

エレオノーラは悲しげに微笑んだ。

「こんなこと言えるはずがねえだ。オラ、自分勝手だったたっぺ。だから死んでよかったんだ。ハムちゃんといた三年間、オラは本当に幸せだったたっぺ」

「今の君は幸せではないのか？」

アレクセイの問いに、エレオノーラは少し考えて答える。

「幸せだと思うだ。バケモンでねえ普通の人間に生まれて、うんまい飯も食えるっぺ。だども、やっぱり寂しいだよ。ハムちゃんに会えなくて寂しいだよ。ハムちゃんに会いてえだ。一目でいいから、見たいっぺ……！」

エレオノーラの声は震えていた。

「エレオノーラ、君はハムちゃんが極悪人になっていても、その気持ちは変わらないと誓えるか？」

アレクセイがそう言うと、彼女は驚いた顔をする。

「それはないっぺ！　ハムちゃんが、極悪人になるはずがねえ。ハムちゃんは天使だっぺ。そりゃあいい子だっぺよ」

エレオノーラが嬉々《きき》とハムちゃんを褒めれば褒めるほど、アレクセイの表情は硬くなっていった。

第五章

互いを思う心

A SILENT LADY & COLD EMPEROR

中庭での話し合いが終わった後、エレオノーラとアレクセイはグリフォンたちを見送った。しばらくの間は魔の森に留まるので、またすぐに会えるとのことだ。

「達者でな。ぐりちゃん、ぐりんちゃん、ぐりんぴっちちゃん」

「パイ、グリフォン一家にもう名付けたのか？」

「んだ。名前は大切だっぺ」

「その割に、すごく単純な付け方だな」

「そうけ？　今一緒に暮らしている一角ネズミの名前はいっかくちゃんだっぺ」

「え？　魔獣を飼っているのか？」

「んだ。なんか迷い込んだっぺ。オラ、いっかくちゃんのお陰でひとりぼっちじゃねえだ」

「……そのうち、いっかくちゃんと会わせてくれるかい？」

エレオノーラは笑顔で頷《うなず》いた。

そして、グリフォンたちが飛び去った後、アレクセイは防音魔法を解き、エレオノーラは口を閉じる。

「セルゲイはいるか？」

早速、アレクセイはセルゲイを呼び、エレオノーラがグリフォンから聞いた魔獣の生態の話を伝える。セルゲイはなかなか理解が追いつかないようだ。

「魔獣はまた発生すると」

「その表現はやめろ。魔獣は害となる存在ではない」

「恐れながら、にわかには信じられません。いえ、先ほどエレオノーラ様が魔獣を従えていたのを目《ま》の当たりにしましたので、魔獣が害をなすものだとは一概には言えないとは思っていますが」

セルゲイは困惑していた。殲滅《せんめつ》されたはずの魔獣がまた元のように現れるというのは、彼にとっては荒唐《こうとう》無稽《むけい》な話なのだろう。

「つまり、一度の聖なる光では魔獣はいなくならないとおっしゃるのですね」

「そうだ。魔獣そのものを滅することはできない。そもそも、魔獣が魔の森から出て、わざわざ人を襲うということ自体、不自然な話なんだ。彼らの生活は魔の森の中で閉じられて、その中で魔獣たちは平衡状態を維持できるようだからな」

「どういうことでしょうか？」

セルゲイはアレクセイから与えられた情報を処理できないようで、ポカンとしている。

「まあ、おいおい魔の森や魔獣のことを知ってくれればいい。ところで、魔獣の専門家は今、何をしているんだ？」

「……魔獣殲滅後は魔獣がいなくなったため、今現在、研究者自体ほとんどおりません。もともと魔獣の研究者は少なかったのですが、さらに減ったようです。それでも、今も帝国の研究機関の一部門として残ってはいます」

帝国の魔獣研究者はすっかり忘れられた存在になっていた。

「その専門家を集めて、新たに魔獣に関する研究を進めよ」

アレクセイとセルゲイの話を聞いていたエレオノーラは、魔獣殲滅といった残酷なことが二度と起きないようにと心から願った。

（もう魔獣を人間に殺させせねえだ！　あ、三つ目赤熊は、別だっぺ。おめはハムちゃんを傷つけたから許さねえぞ！　……でもあの赤熊もいねえだ。死んじまっただな）

エレオノーラが魔の森にいた魔獣たちに思いを馳《は》せていると、アレクセイが彼女の肩に優しく手を置いた。

「そして、その魔獣研究はエレオノーラにも協力してもらう。いいな、エレオノーラ」

アレクセイにそう言われたエレオノーラは、想像外のことに目を丸くする。しかし、前世で家族だった魔獣たちのことを思えば、やるしかないし、やらねばならない。

「……畏《かしこ》まりました」

こうして、アレクセイにパイの美味《おい》しさを伝えようと、手作りのパイを携えて登城したエレオノーラは、あれよあれよという間に、神から魔獣を統《す》べる力を授けられた者になってしまった。

(オラ、なんか分からんけど、すげえ人になっちまったみたいだっぺ。勝手に陛下が言ってるだけだども。うん。オラ、一生懸命頑張って、二度と魔獣たちが殺されんようにするだ!)

彼女は決意を新たにしたが、何をすればよいのか皆目見当がつかない。

「……具体的に何をすればよろしいのでしょうか?」

エレオノーラがアレクセイに尋ねると、彼は表情を緩めて答えた。

「今日、君がグリフォンに乗って、地上に降り立った姿を皆に見せたことで、魔獣に対する恐怖や嫌悪は大分払拭《ふっしょく》されたと思う。君には魔獣と人間の架け橋になってほしい」

(オラにそんな大層な役目がまっとうできるだべか? うんにゃ、ぐりちゃんたちのためにも頑張るっぺ!)

「……はい。精一杯務めさせていただきます」

二人のやりとりを見ていたセルゲイはニマニマしながら、エレオノーラに声をかけた。

「エレオノーラ様。この後に何かご予定はありますか?」

「……ございません」

次に彼はアレクセイに話しかける。

「陛下、まだお話しすべきことがありましょう。エレオノーラ様と晩餐《ばんさん》をご一緒してはいかがですか？」

アレクセイはエレオノーラの方を向いて、彼女の紫色の目を見つめる。

「ああ、そうだな」

「晩餐をともにしてほしい、エレオノーラ」

「……お誘いくださり大変嬉《うれ》しゅうございます」

「君に侍女と騎士をつけるから、晩餐までの時間は城の中でも見学するといい。俺は仕事があるから、執務室にいる。何かあったら執務室においで」

アレクセイはその場を去り難《がた》そうにしながらも、セルゲイとともに中庭から出て行く。

残されたエレオノーラは、侍女に城を案内してもらうことにした。まずは庭園に連れて行ってもらう。

(広いっぺなあ。綺麗《きれい》な花が沢山《たくさん》咲いてるっぺ！　あれは、ハムちゃんがオラにプレゼントしてくれた花だっぺよ。オラが好きだって言ったら、沢山摘んできてくれただ。オラたちは、きらきら星花って呼んでたべな。エレオノーラになってから知ったんだけども、本当はムルトゥスステラっていう学名があんだ。でもな、きらきら星花って名前の方が好きだっぺ)

「……ムルトゥスステラは大変育てにくい花だと聞き及んでいます。こちらには素晴らしい庭師がいるのですね」

エレオノーラがそう言うと、近くにいた庭師が帽子を取って深々と頭を下げた。彼女はその年老いた庭師に尋ねる。

「……この花を選んだのはあなたですか？」

すると庭師は恐縮しながら、答えた。

「いいえ、皇帝陛下のご指示です。ムルトゥスステラだけでなく、この紫色の苺《いちご》をつけるプルプラフラゴという植物も、黄金のりんごが実るアウルムラールスも、です。どの植物も育てるのが大変難しく、しばしば陛下の魔法で成長を促《うなが》していただいております」

（どれもこれも、オラの好きだったものばっかりでねえか！　魔の森だと簡単に育つけど、普通のところじゃ育てるのがすんげえ難しいんだっぺ。そもそも、苗も種も簡単に手に入れられねえだ）

エレオノーラは、はっとした。

（庭師さんは、全て皇帝陛下のご指示って言ったっだ……。ハムちゃんはこんな細かいことまで陛下に話しただか？　オラの好きな花や果物まで？）

ここにきて、彼女はアレクセイがハムちゃんである可能性に気づく。

（まさかな。皇帝陛下がハムちゃん……？）

庭園を後にしたエレオノーラは、図書室の一つに案内された。

「……なんて、立派なのでしょう」

城の塔の中にある図書室は壁一面が本で埋め尽くされていた。螺旋《らせん》階段で上りながら本を眺める。

光魔石で明るく照らされているので、本来は光がほとんど射さない塔の中でも本が読めるのだ。

沢山の本を眺めていると、階段を下りているセルゲイが目に映った。

「……宰相《さいしょう》様、ごきげんよう」

「ああ、エレオノーラ様！　こちらを見学されていたのですね」

エレオノーラは少し逡巡《しゅんじゅん》したが、アレクセイがハムちゃんであるか否かを明らかにするために、彼が魔の森にいたことがあるかセルゲイに聞くことにした。

「……つかぬことをお聞きしますが、陛下は魔の森にいたことがございますか？」

セルゲイは、目をパチクリさせる。

「どうして、そのようなことを……。ええ。いましたよ。まだお小さいときに三年間ほどでしょうか」

セルゲイの答えにエレオノーラは息をのむ。

(皇帝陛下がハムちゃんだったたっぺ！　ハムちゃん！　立派になって。なしてオラにハムちゃんってこと教えてくれなかっただ？　オラのことパイだって分かってるのに？)

エレオノーラは、なぜだと考えて、青ざめた。

(ああ、オラのせいだ。オラ、ハムちゃんは陛下と比較して、賢くて優しいって言っちまっただ。オラのせいで、陛下はハムちゃんって名乗れねえんだ。すまねえ、ハムちゃん。ハムちゃん、ごめんよう)

エレオノーラはアレクセイに放った愚かな言葉を酷《ひど》く後悔した。

彼女の微《かす》かに震える肩を見たセルゲイが優しい声で語りかける。

「エレオノーラ様はお優しいのですね。陛下が魔の森に三年間もいたことを、そんなに悲しんでくださるとは」

そうではない、違うのだと否定することもできず、ただただエレオノーラはアレクセイに申し訳なく思った。

「エレオノーラ様のような見目も心もお美しい方が陛下の心を射止めてくださり、本当に喜ばしい限りです」

セルゲイはそう言った後、声を潜めた。

「ここだけの話なんですけどね、陛下に好みの女性を聞いたら、肌が緑色でぶよぶよしている人がいいと言うんですよ。冗談でもたちが悪いですよね。そんな人間いませんから」

エレオノーラはその言葉に、胸を熱くする。

(いたんだっぺ。ハムちゃんからパイって呼ばれてた人間がそうだっただ。ハムちゃんは、昔のオラを好きでいてくれたんだっぺ。ハムちゃん、ハムちゃん！　オラのハムちゃん……！)

彼女は感情がこみ上げてくるのを、顔を歪《ゆが》めてどうにか押し留めた。

「変な話をしてすみません。陛下は私をからかっただけでしょう。気になさらないでください」

「……いいえ」

（ハムちゃん！　ハムちゃん！）

セルゲイはエレオノーラの様子が急に変わったことに戸惑ったようで、慌《あわ》てて話を変える。

「エレオノーラ様、そろそろ晩餐の時間になりましょう。私はまだ仕事がありますので、また後ほど」

セルゲイはエレオノーラの後ろにいる侍女に向かって案内を頼むと、この場を離れた。セルゲイの背中を見送った後、侍女がエレオノーラに声をかける。

「お召し物の着替えがございますので、お部屋にお戻《もど》りいただけませんでしょうか」

彼女は上の空で頷くと、階段を下りて図書室のある塔から出た。

（ハムちゃんが皇帝陛下……。皇帝陛下は昔のオラが好きなんだっぺな！　すごくすごく嬉しいんだけどもよ、今のオラじゃねえんだっぺな。オラ、あの姿に戻りたくはねえけどもさ、ハムちゃんが喜ぶんだったら戻ってもええなあ。そしたら、ハムちゃんに好かれるんだっぺな）

エレオノーラはハムちゃんのためならば、また前世の姿になるのも厭《いと》わないが、今のこの姿ではアレクセイに好かれないかもしれないと思うと胸の内がモヤモヤした。

（なんだか悲しいだ。見た目は変わっても、オラの中身は変わってねえっぺよ）

あれほど会いたかったハムちゃんがアレクセイだったこと、そして彼に前世の姿を求められていることに、エレオノーラは喜びだけでなく悲しみや戸惑いを感じるのだった。

城の一室に入ると、すでに湯あみの準備がされていた。いつも一人でなんでもしているエレオノーラだが、公爵令嬢としての振る舞いをすべく、侍女たちに身を任せる。

彼女は侍女たちに囲まれ湯あみをし、マッサージもしてもらう。

（ふう、極楽、極楽だっぺ）

そして用意されたドレスは胸下をリボンで締めた形のものだった。萌黄色《もえぎいろ》の滑らかなサテンの生地に白いリボンが映える。着替えを手伝った侍女が言うには、このドレスは隣国の献上品の一つでほとんど流通していない貴重な絹布《けんぷ》で作られているとのこと。お針子たちがささっと微調整をすると、まるでエレオノーラのために誂《あつら》えたような仕上がりになった。

（こりゃ、楽だっぺ！　いやいや、淑女たるもの、あんまり飯食っちゃなんねえ。でもいつもよりは食っていいと思うっぺ。うんにゃ、パーティーじゃねえだよ。晩餐だっぺ！　食っていいんだっぺよ！）

波打つ金色の髪の毛は下ろして、ハーフアップにまとめてもらう。髪飾りはアレクセイの瞳の色と同じサファイヤがちりばめられている。胸元を飾るネックレスは、アレクセイの銀髪と同じ色の銀細工にやはりサファイヤがあしらわれた物で、耳飾りも同様だ。

一人が爪を整え、一人が髪の毛を結い、一人が化粧を施す。それぞれの後ろには、必要な道具を持って控《ひか》えている侍女がいた。エレオノーラは侍女たちの手際の良さに驚く。

鏡に映った自分を見て、思った以上に美しくしてもらったことにエレオノーラは素直に感動した。

「……みなさん、とても素敵にしてくれてありがとう。嬉しいわ」

大輪の花が咲くような笑みで礼を言うと、侍女たちは恐れ多いとばかりに、頭を下げる。そして、彼女たちのまとめ役でもある厳しい顔つきの侍女長は、エレオノーラが侍女たちに優しい言葉をかけた姿を見て、目を見張っていた。エレオノーラは公爵家の令嬢なのだから、横柄な態度をとっても不思議ではない。アレクセイに処刑された皇族たちは、使用人たちを人とは思ってはおらず、感謝の言葉を述べることはなかった。

艶《あで》やかでありながら清楚《せいそ》な雰囲気を纏《まと》う装いをしたエレオノーラは、晩餐が催される食堂に案内された。古い城なので、窓が少なく全体的に暗いはずなのだが、光魔石の照明で明るい。アーチ型の高い天井の食堂には長いテーブルがあると思いきや、真ん中に正方形のテーブルがちょこんと置かれていた。

そのテーブルには先に席についていたアレクセイがいる。

「……お招きありがとうございます」

エレオノーラは優雅に礼をした。

「ああ。座ってくれ」

侍従に椅子を引いてもらい、彼女は座った。家庭教師のお陰で訛《なま》った言葉遣い以外の作法は完璧である。

「気になるようだったら防音魔法をかけるが、どうする？」

アレクセイの言葉にエレオノーラは首を横に振った。人目があるところで防音魔法をかけると、余計な勘ぐりをされるかもしれないと思ったからだ。

「ならば、このままで。さあ、食事を楽しもう」

アレクセイはエレオノーラに食事を勧めるが、彼女は今、飲み物ですら喉を通りそうになかった。

アレクセイを目の前にした途端、様々な思いがよぎったからだ。

（オラ、酷いこと言って、ハムちゃんを傷つけただ。それに、ハムちゃんが好きなのは緑色のぶよぶよした肌のオラだ。どうしたもんだっぺ……。そもそも、なして、オラ緑色の肌をしてただっぺ？呪いじゃねえって、ハムちゃんは言ってくれてたけんども）

なかなかカトラリーにすら手を伸ばさないエレオノーラに、アレクセイは困った顔をした。

「エレオノーラ、君の好きなハムを前菜にしている。どうした？　食べないのかい？」

そうアレクセイに言われ、エレオノーラはハムをフォークとナイフで口に運ぶ。

（オラのハムちゃん。ハムちゃんのハム……。ああ、味がしねえだ……）

前世でも今世でも、エレオノーラはこんなに悩んだことがなかった。そもそも彼女は深刻に悩むことはない。その様子に気づいたアレクセイが、エレオノーラを気遣う。

「食欲がないようだけど、大丈夫か？」

エレオノーラはアレクセイを見つめた。

（ハムちゃんは優しいっぺ。ハムちゃんはハムちゃんだっぺよ。皇帝陛下だから、あんな厳しい顔をせにゃいかんかっただ。ハムちゃん、オラ、バカでごめんよ。ハムちゃんは、どんなハムちゃんでも好きだっぺ。大好きだっぺよ！）

エレオノーラはアレクセイの言葉に何も返せない。

「……」

喉の奥がつっかえているような、今にも泣き出してしまいそうな気持ちでいっぱいだった。

これ以上アレクセイの顔を見たら泣いてしまいそうで、彼の手元に視線を落とすと、アレクセイの所作がハムちゃんと同じであることに気づく。無論、魔の森にちゃんとしたフォークやナイフはない。エレオノーラが作った不格好な木製のカトラリーで食事をしていた。

（小さいのに、ハムちゃんは綺麗に食ってただ。オラもそうやって食えるようになりてえって言ったら、教えてくれたっぺ。難しくて、オラ、なかなか上手くならなかっただ。でも、ハムちゃんは一度も怒らんかった。エレオノーラになってつけられた教師はよく怒ってたっぺな）

「やはり具合でも悪いのではないか？」

エレオノーラは首を横に振る。二人は互いに黙り込んでしまい、晩餐は恐ろしく暗い雰囲気で終わった。

「この後だが、よければ、サロンで一緒に酒かお茶でも飲もう」

アレクセイが若干《じゃっかん》の緊張感を持った面持ちでエレオノーラに聞く。自宅に待つ人もいない彼女は、こくりと頷いた。帰宅が少し遅くなっても、一角ネズミは大丈夫だろう。

サロンに移動した後、アレクセイはワインを、エレオノーラは紅茶を頼んだ。気鬱な顔をしたエレオノーラをアレクセイは気遣う。

「エレオノーラ。先ほどから元気がないようだが、何か気に障るようなことがあったか？」

エレオノーラは目を伏せる。

(オラがハムちゃんを傷つけたっぺ。オラ、オラ……どんなハムちゃんでも好きだっぺよ)

「侍従を下がらせ、防音魔法をかけよう」

アレクセイはエレオノーラが自由に話せるように、部屋に二人きりになった上で、防音魔法を施した。

「これで、何を言っても構わないよ、パイ」

エレオノーラはとうとう泣き出してしまった。

「パイ、どうしたんだ？」

アレクセイはおろおろしながら、エレオノーラの隣に座りハンカチを渡す。

「ご、ごめんな、ハムちゃん」

「え、俺はハムちゃんじゃ──」

涙を流しながら、エレオノーラは顔を上げた。

「おめはハムちゃんだっぺ。ハムちゃんはどんなハムちゃんでも、オラは大好きだっぺよ」

アレクセイは身動《みじろ》ぎもせず、目を見開く。

「皇帝陛下は怖ええ人かもしんねえ。でも、怖くないとできねえんだろうと思うだ。なのに、オラは短絡的で、幼いハムちゃんのことしか知らねえから、ハムちゃんじゃねえって思い込んで」

エレオノーラは涙をハンカチで拭《ぬぐ》うと、アレクセイを真《ま》っ直《す》ぐに見た。

「ハムちゃん、すまねえ。オラ、恥ずかしいっぺよ。ハムちゃんは何をしても、どんなことをしても、ハムちゃんだっぺ。大きくなったなあ、ハムちゃん……」

そう言って、愛《いと》おしそうにアレクセイを見つめるが、彼は目を逸《そ》らす。

「パイ……。俺は沢山の人を殺した。君の知っているハムちゃんではないんだ。残虐な人間なんだ。非道で恐ろしい人間なんだ。いや人間ですらない悪魔だ」

エレオノーラはとめどなく流れる涙をそのままにして、首を横に振る。

「ハムちゃんはハムちゃんだっぺ。きっと理由があったはずだ。……うんにゃ、理由がなくっても、オラはハムちゃんが好きだっぺ。悪魔でも魔王でも死神でも、オラはハムちゃんが好きだっぺ。どんなハムちゃんでもハムちゃんだっぺ」

その言葉を聞いて、アレクセイはエレオノーラを力一杯抱きしめた。

「パイ……！」

エレオノーラは突然の抱擁《ほうよう》に驚き、言葉がなかなか出てこなかった。しばらくそのままでいたが、魔の森で二人で暮らしていた昔を思い出しながら、彼女はぽつぽつと語り出す。

「ハムちゃんは、大きくなっても甘えん坊さんなんだっぺなあ」

ようやく口から出た言葉は、ハムちゃんに向けたものだった。エレオノーラがアレクセイの腕の中で呟《つぶや》くと、アレクセイも胸の内を明かす。

「会いたかった……！　パイが死んでから、俺は人を憎むことでしか生きられなかった。パイが殺されたのは俺が力を持っていなかったからだ。俺に力さえあれば、パイは殺されなかった。俺はそう言われたときから、心を捨てた」

アレクセイの告白に、エレオノーラは驚きを隠せない。皇帝になったアレクセイが冷たい目をしていたのは、自分が殺されたせいだったのだ。

「違うっぺ。ハムちゃん、それは違う！　まだ九つの子供に何ができるって言うんだっぺ。そんなこと言った大人の口は縫っちまうだ！　子供なんだから、気にしなくてええんだっぺよ」

「そんなことを言うのは、パイだけだ」

アレクセイはエレオノーラを胸に抱きしめたまま、呟く。

「なして、あんなにめんこいハムちゃんにそんなこと言えるだ！　オラが成敗してやるっぺ！」

エレオノーラがアレクセイを見上げてそう怒ると、彼はクスリと笑った。

「ゲオルギーが、……俺に力がなかったせいだと言った男の名だが、君に怒られる姿を想像したら、おかしくて堪《たま》らない」

そしてエレオノーラを見つめて柔らかく微笑《ほほえ》んだ。

「パイの魂がこうして今もあることに、心から感謝している。……俺があれほど恨み憎んだ、母から譲り受けた不死の加護がパイの魂をこの世に留めてくれたんだな」

「もう、憎くないっぺか?」

「ああ。パイに会えたら、簡単に憎しみが氷解してしまったよ」

「よかっただ」

エレオノーラはアレクセイの頭をハムちゃんにしていたように撫《な》でようとして、手を止めた。

パイが愛したハムちゃんは、今自分を抱きしめている皇帝アレクセイであるが、パイが知るハムちゃんとは異なる。前世で抱きしめていた子供のハムちゃんとは違うのだ。

「ハムちゃんはオラがパイだったころより、大人になっちまっただね」

エレオノーラを抱きしめている腕も手も凄《すご》く大きいし、胸も厚くて広い。

彼女は顔を上げて、アレクセイを下から見つめる。

「今はハムちゃんの方が大人なんだっぺなあ……」

子供ではなく大人になったアレクセイの整った美しい顔を間近にして、エレオノーラは顔を真っ赤にした。今彼女を抱擁している男が、子供のハムちゃんではなく成人男性のアレクセイであることをようやく認識したのだ。

「こ、こ、こんなふうに抱きしめちゃなんねえだ! オ、オラとハムちゃんは大人だっぺ! こ、これはいけないことだっぺ!」

エレオノーラは胸がドキドキするのが恥ずかしかった。アレクセイをハムちゃんとしてではなく、一人の男だとみなしてしまった途端、彼の顔を見ることができなくなり俯《うつむ》く。

アレクセイはというと、そんなエレオノーラにお構いなしだ。

「俺はパイがエレオノーラであってくれてよかった。再び会えて幸せだ。……エレオノーラ」

エレオノーラはアレクセイからパイではなく、エレオノーラと呼ばれることに戸惑いを感じる。

「オ、オラ、確かにエレオノーラだっぺ。でもハムちゃんにとっては、パイだっぺ」

俯いたまま彼女は耳まで真っ赤にして、小さな声でぼそぼそと話すと、アレクセイは彼女の頭に沢山のキスを落とした。

「本当に可愛い。可愛すぎる。もちろんパイのことは大好きだったし、今も好きだ。その魂を持った君はパイだが、パイそのものではない。君は君で……」

そこでアレクセイは言葉に詰まり、抱きしめていた腕を緩めた。

「エレオノーラ、顔を上げてくれ」

「……無理だっぺよ。恥ずかしいだ」

彼女は俯いたまま、小さな声で答える。

アレクセイは苦笑いをした。

「エレオノーラ。俺は君と一緒にいたい。今度こそ離れたりはしない。昔の俺とは違い、君を守る力もある」

「……そうだっぺな。ハムちゃん大きくなっただ。オラ、こんなふうに抱きしめられたのは初めてだ。誰もオラを抱きしめてくれねえんだ。パイのときもエレオノーラのときも。……抱きしめられるのは、こんな感じなんだっぺな」

彼女は動物や魔獣、そして小さなアレクセイを沢山抱きしめた。しかし、自分自身が抱きしめられたことはないのだ。

「でも、抱きしめているのが陛下だから、ドキドキするっぺ。ハムちゃんだと分かってても、オラ、すごく恥ずかしいっぺ。離してけれ」

「エレオノーラ」

アレクセイに名前を呼ばれ、エレオノーラは恥ずかしそうにおずおずと顔を上げる。彼女が見上げた先にある美しい顔は、彼女の知っているハムちゃんのそれとは違った。知らない男の人の顔だとエレオノーラは感じる。

（ハムちゃんだったのに、ハムちゃんじゃねえだ！　あの天使のハムちゃんはどこへ行っただ？　でもこのハムちゃんも、オラは、オラは……）

「へ、陛下」

「アレクセイと呼んでほしい」

「で、でも……」

「俺はもう君の知る子供ではない。アレクセイなんだ。君のハムちゃんは魔の森の幸せな日々の思い出の中にいる。だから、アレクセイと呼んでほしい」

「……アレクセイ陛下」

「敬称はいらない。君にはアレクセイとそのまま呼んでほしい。この世に、俺をただのアレクセイと呼ぶ者はいない。名を呼ばれることがないんだ。だから、君だけにはそう呼んでほしい」

アレクセイが切なく懇願するような声で囁《ささや》くと、エレオノーラは彼をじっと見つめた。

「……おんなじだっぺ。髪の色も目の色も。なして、ハムちゃんとは違う人のように見えるんだべ。胸がドキドキして無理だっぺ。お願いだ、離してけろ」

エレオノーラはアレクセイの胸に両手を押し当て、離れようとするが、アレクセイはその手を優しく握りしめた。

「俺の顔を見て、アレクセイと呼んでくれたら、離すよ」

「……ア、アレク――」

アレクセイは、顔を真っ赤にして今にも泣きそうなエレオノーラの唇にキスをした。

頬を染め上げ、潤んだ目をしたエレオノーラは、呆然《ぼうぜん》としたままアレクセイを見つめる。

「エレオノーラとずっとこのままでいたい。……どうやら俺は、恋に落ちたようだよ。エレオノーラ」

突然の口づけに驚きすぎて、身動ぎ一つできないでいるエレオノーラの頬を優しく撫でながら、アレクセイはその指で彼女の唇に触れる。そして再び唇を重ねた。最初は軽く触れるだけだったが、段々と深くなっていく。

全身から力が抜けてしまったエレオノーラを救ったのは、セルゲイだった。

「陛下！　何をなさっているのですか！」

アレクセイがかけた防音魔法のせいで、ドアをノックしても返事がなく、物音一つしないため、セルゲイは無理やりドアを開けたのだ。

そして彼の目に映ったのは、エレオノーラがアレクセイに襲われている場面である。

セルゲイに気づいたアレクセイは、忌々《いまいま》しげに防音魔法を解く。すると、唾を飛ばさんばかりに怒っているセルゲイの言葉が部屋中に響いた。

「二回しか会ったことのない令嬢に、なんてことをするのですか！　物事には順序というものがあります。特にエレオノーラ様はそういった類《たぐい》の噂《うわさ》が全くない方ですよ。少しくらい我慢ができなかったのですか！」

エレオノーラはセルゲイの声でようやく我に返り、恥ずかしすぎて両手で顔を隠した。

(身体中が熱いっぺ。オラ、大分だらしねえ顔してるに違いねえだ。やんだ、もう、顔を見せられねえっぺ！)

そんなエレオノーラの心情などお構いなく、アレクセイは彼女の腰に手を回して引き寄せる。

「セルゲイよ、なぜ勝手に入ってくるんだ」

「陛下！　エレオノーラ様は公爵令嬢ですよ。ちゃんと手順を踏んでください」

手順を踏むという言葉にアレクセイは反応した。

「ああ、分かった。今すぐにでも結婚をしよう」

笑顔でそう答えるアレクセイの手が再びエレオノーラの顔に触れるのを阻止したのは、やはりセルゲイだった。

「全然、ダメですよ！　ちゃんと帝国国教会の聖堂で婚約式をしてください。その一年後に成婚式となります。帝国皇典に則《のっと》るのです！　陛下は皇帝なのですよ！」

アレクセイは眉間《みけん》に皺《しわ》を寄せた。

「……理不尽だ。俺はエレオノーラを今すぐに自分のものにしたいのに、なぜ一年も待たねばならないのか。そんな皇典、不要だ。即刻廃止せよ」

「陛下！　陛下はそれでもいいかもしれません。しかし、陛下の子孫がご結婚なさるとき、その相手が相応《ふさわ》しいとは限らないのですよ。陛下も学んだでしょう、婚約したことで安心した愚かな者が、馬脚を露《あらわ》した出来事を。歴史書では二件ほど挙げられていますよね」

セルゲイはさらに鼻息を荒くする。

「いいえ、それだけではありません。婚約式から成婚式までの一年間で、大きな経済効果が見込まれるんですよ！　現在の疲弊した帝国にもってこいです！　ですので、まずは婚約式を執り行ってください。それに、花嫁衣装は帝国を誇るものを作らねばなりませんし。正直、一年では足りませんよ」

アレクセイはエレオノーラを見て思案する。

「ふむ。この世でもっとも美しい衣装を用意するには、確かに時間が必要だな。分かった。仕方ないが、今すぐに結婚というのはやめよう」

エレオノーラは、このとき初めて自分とアレクセイが結婚する流れになっていることに気づいた。

「……結婚？」

顔を上げて、首を傾《かし》げる。

その姿を見たセルゲイは怒り心頭である。

「陛下！　求婚もなさらずに結婚するとは何事ですか！」

「焦《あせ》りすぎた。セルゲイ、いったん部屋から出ろ。エレオノーラと二人きりになりたい」

「今の陛下は信用なりません」

「ならば、長すぎると思ったら部屋に勝手に入るがいい」

「本当に手を出しませんね？」

「分かっているから、早く出ろ」

セルゲイはしぶしぶ退室した。


そうして再び二人きりになった室内で、アレクセイはエレオノーラをソファに座らせたまま、片膝をついた。そして、その青い目でエレオノーラを見つめる。

「エレオノーラ、二度と離れたくない。一緒にいてくれ」

エレオノーラはアレクセイの言葉を聞いて、顔だけでなく、全身を火照《ほて》らせた。そしてゆっくりと答える。

「オ、オラ、ハムちゃんが好きだっぺ。大好きだっぺ。大切な家族だべさ！」

（しまっただ！　こんな大事な場面で、なして令嬢言葉が出てこないんだっぺ！）

アレクセイは、微笑んで彼女の両手を取った。

「今は家族愛で構わない。二度と俺の下《もと》からいなくならないでほしい」

エレオノーラはこくこくと頷く。

「どんなことからも君を守る。決して泣かせたりはしない。悲しませたりもしない」

「……オラもハムちゃんを幸せにしてえだ」

アレクセイはその言葉に感動し、エレオノーラを抱きしめる。そして恥ずかしがる彼女に口づけをしようとしたところで、またもや、セルゲイが入ってきたのだった。


セルゲイの登場によって、エレオノーラはようやく自宅に戻ることになった。

「陛下、プルプレウス公爵家の馬車は、昼間の魔獣騒動で帰邸したそうですよ」

「セルゲイ、俺が送っていくからそんな不愉快な報告をエレオノーラの前でするな。彼女を悲しませるようなことは、一切したくない」

エレオノーラはアレクセイとセルゲイの会話を聞きながら、アレクセイが随分と自分のことを気にかけてくれることに感動しつつも、過保護すぎる気がしてならなかった。

「……陛下。わたくしは悲しゅうございません」

「エレオノーラ。陛下ではなく、アレクセイと呼んでほしい」

(ええ？　宰相様がいんのに、そんな不敬な呼び方できないっぺ！)

エレオノーラがセルゲイを一瞥《いちべつ》すると、セルゲイは微笑み返した。その表情から、彼女はセルゲイの前ならば、アレクセイ様と呼んでいいのだと承知する。

「……アレクセイ様。馬車が帰ってしまっても、わたくしはなんとも思いませんの。一人で帰れますもの」

エレオノーラの言葉を聞いたアレクセイは不機嫌な様子を見せる。

「まさかとは思うが、君は一人で帰ったことはあるのか？」

「……ございませんが、辻《つじ》馬車があるところは存じています」

(オラ、辻馬車に乗って帰るっぺよ。歩いたりしねえだ！)

エレオノーラの答えに、アレクセイは目を剥《む》いた。

「エレオノーラ！　もう外は暗いんだ。どんなに外が危険か分からないのか？　本当なら城に泊まっていってほしいが、君が一角ネズミを気にするから帰らせるんだよ」

アレクセイはそう言うと、侍従に馬車を用意するように指示する。

「俺が送っていく。プルプレウス公爵家には先触れを出す」

(心配性だっぺ。でも、魔の森と違って、ここは人間だらけで、おっかねえだ。大人《おとな》しく、ハムちゃ

んの言葉に従うっぺ）

アレクセイはエレオノーラをエスコートして、馬車に乗せた。帝国の紋章がついた立派な馬車である。

（うちの家族、大丈夫だっぺか？　先触れは出されたみてえだけどもさ、継母《ままはは》とソフィアがちゃんと礼儀正しくできるか心配だっぺ。父親はあれでも公爵家当主だし、問題ねえだよな……。有能な家令もいるから、大丈夫だっぺ、多分、きっと。……うんにゃ、家令は領地に向かったから不在だったっぺ！　あの継母の子飼いの執事しかいねえだ）

エレオノーラは家族のことを考えるとキリキリと胃が痛んだ。

「どうした、エレオノーラ？」

隣に座るアレクセイが、エレオノーラの顔を覗《のぞ》き込む。

「アレクセイ様、近いっぺ。ダメだっぺよ、婚約もしてねえのに、そったら近づいたら」

エレオノーラは恥ずかしがって、窓の方に顔を向ける。

「いや、なんだか元気がないようだったからね」

（やんだ！　口づけされるかと思っただ！　オラ、自意識過剰だっぺ！）

エレオノーラは勘違いをした羞恥心でどうにかなりそうな気持ちを抑えて、話し始めた。

「……今世でも、オラは家族とは仲良くできてねえんだっぺ。だからと言って、不幸ってわけではねえ。前世でも血の繋《つな》がりのあった家族よりも、ハムちゃんの方がずっと大切だったし、ハムちゃんとの三年間は最高に幸せだったっぺ。あの三年間があるから、オラは何があっても辛《つら》くねえだ」

そして、彼女はアレクセイの目を見た。

「ああ、その青い目はハムちゃんだっぺ。……ハムちゃんがいない世界は寂しかっただ。エレオノーラに生まれ変わって不幸せではなかったっぺ。ただただ寂しかっただ。オラ、ハムちゃんのお陰で人の温かさを知っただ。だから、もう一人にしないでけれ。寂しいのは嫌だっぺ」

エレオノーラは自分でも気が付かないうちに涙がぽろぽろと零《こぼ》れる。

「エレオノーラに寂しい思いは二度とさせない。俺は君を決して一人にはしないよ」

そしてハンカチを出してエレオノーラの涙を拭《ふ》いてあげると、彼女は昔を思い出して、くすっと笑った。

「昔、おんなじこと、オラが泣いてるハムちゃんにしたっぺ。こんな綺麗なハンカチじゃねえけんども。今は逆だっぺ。ハムちゃんに慰めてもらってるっぺ」

「ああ。俺は大人になったから。今度は俺が君を甘やかすんだ」

「オラもハムちゃんをうんと甘やかしてえだ」

二人は手を握り、寄り添いあった。


しばらくすると、馬車はプルプレウス公爵邸の本館正面玄関に着いた。馬車を降りる前にアレクセイはエレオノーラに囁く。

「もう、誰にも君を蔑《ないがし》ろにさせないから」

「オラ、別にそんなに辛くはなかっただよ。ただ、寂しかっただけだっぺ」

少し困ったような顔をするエレオノーラを見て、アレクセイは苦笑いをした。

「君は相変わらずお人好しだね。しかし、こうして生まれ変わったというのに、また寂しい思いをさせたプルプレウス公爵一家を、俺は赦《ゆる》すことはできない」

アレクセイの言葉に、エレオノーラはどう返していいか分からないでいる。

(ハムちゃんは変わっただな。こんなにしっかりしちまって。めんこくて泣き虫な、小さな子供じゃねえだな。……当たり前だけんども、子供じゃねえんだな)

侍従が公爵家の執事にアレクセイの訪問を伝えると、迎え出たのは公爵夫人である継母だった。

「お待ちしてましたわ、皇帝陛下様！ ソフィアに会いに来たんですのよね。ソフィアはもう少ししたら準備が終わりますの。お待ちくださいね」

(何やってんだべ！ ダメだっぺよ！ なして先に口を利《き》くだ。せめてちゃんと挨拶してけれ！ しかもその口調……。うちは公爵家だから、うちより位の高い方と喋《しゃべ》る機会がほとんどねぇのは分かるが、相手は皇帝陛下だっぺ！)

エレオノーラは継母アンナの態度に冷や冷やしていた。一方のアレクセイは、アンナを一切相手にせず、侍従を通して執事に用件を伝える。

「応接室はこちらになります」

執事から侍従に、そしてアレクセイへと言葉は取り次がれる。そのやりとりが我慢ならないとばかりに、アンナは執事に食ってかかった。

「あなた、勝手に何をしてるのよ？　私はこの公爵家の当主夫人よ？　執事の分際で、私を差し置いて。陛下、私が案内しますわ！」

（継母さん、何言ってるだ！　頼むから、黙ってけろ！）

エレオノーラが祈るような気持ちでいると、そこに異母妹のソフィアがやってきた。ソフィアはエレオノーラを見るや否や、鬼の形相で彼女に突っかかる。アレクセイの存在に気づく前に、エレオノーラが目に入ったのだ。

（なして、ハムちゃんの存在に気づかないんだっぺ？　そんなに、オラのことが気に食わねえか。そんなことはどうでもええ。ソフィア、頼むから大人しくしてけろ！）

そんなエレオノーラの祈りも虚《むな》しく、ソフィアはいつものように彼女を罵《ののし》る。

「ちょっと、なんであんたがここにいるの？　しかも、そんな上等なドレスを着て！　許可なくここに来るなと言っているでしょう！」

そしてソフィアが扇子を投げつけようと手を上げると、アレクセイの護衛騎士が彼女の腕を掴《つか》んだ。

「なにすんのよ？　触らないでよ！　騎士風情が！」

（ああ、ソフィア、騎士様になんてこと言うだ。いい加減、ハムちゃんがいることに気づいてけれ！）

アレクセイは、汚物でも見るような目でソフィアを見ていた。そして、護衛騎士に告げる。

「エレオノーラは余の婚約者となる者。エレオノーラを侮辱する者は、余を侮辱しているとみなす。この女どもを不敬罪で処刑せよ」

頭に血が上っていたソフィアは、その声を聞いてようやくアレクセイの存在に気づく。

「うそ、なんでここに悪魔皇帝が？」

エレオノーラは最悪の事態になったと青ざめるが、ソフィアは止まらない。見た目の可愛らしさとは相反する態度を晒《さら》し続けた。

「お母様！　これはどういうこと!?」

「あ、あなたを、驚かせようと思って、誰が来るか黙ってたのよ……」

（バカだべ！　おめたち、何してんだ！　ハムちゃんはプレゼントじゃねえぞ！　ああ、ハムちゃん、すんげえ怒ってるっぺ）

エレオノーラは、一刻も早くこの場をおさめたかった。昔から、もめ事は苦手なのだ。

「……陛下。どうか、お目溢《こぼ》しくださいませ」

エレオノーラが祈るようにアレクセイに頼むが、その思いは届かない。

「ならん。余もそなたもこれほどまでに馬鹿にされたというのに、処罰しないとなると、今まで処刑してあの世にいったやつらに示しがつかんだろう？」

冷たく整った顔で言い放つアレクセイを見て、ようやく状況が理解できた継母アンナは焦った。

「あ、あの、私どもはそんなつもりは一切ありませんのよ？　ご理解くださいますよね？」

アレクセイは殺意に満ちた目でアンナとソフィアを見ると、騎士にさっさと連れ去れと命じた。

騎士によって後ろ手に縛られたアンナたちがぎゃあぎゃあと叫ぶが、アレクセイはまったく気にせず応接室に向かおうとする。

「……陛下。どうか処刑だけはご容赦《ようしゃ》くださいませ」

「いやだ」

（頑是《がんぜ》ない子供みてえだ！　オラのために怒ってくれるのは嬉しいけんどもさ、まったく困っちまうなあ）

呆《あき》れつつも、エレオノーラは説得を試みた。確かに言い逃れのできないほどの不敬罪だが、皇帝派の公爵家であることを勘案すると処刑は重すぎる。具体的には悪魔皇帝と呼んだのと、失礼極まりない行動だけだ。エレオノーラに対する暴言については、アレクセイとの婚約もまだなのだから、不敬罪に問うのは難しいだろう。

「……陛下に嫁《か》すわたくしの実家から処刑された者が出るのは、外聞がよろしくないかと」

アレクセイは納得のいかない顔をしたが、エレオノーラの言葉には素直に従う。

「分かった。殺しはせぬ」

そして、不満げに騎士に命令した。

「静かにさせて、牢《ろう》にでも入れておけ」

騎士によって猿ぐつわをされたアンナとソフィアは、手際よく屋敷から出された。

その一部始終を見ていた使用人たちは恐怖で震え上がっている。特にエレオノーラに冷たく当たっていた使用人は、怯《おび》えているようだ。

「この屋敷の使用人らは、仕えるべき者に随分となめた態度をとっているようだな」

独り言のようにアレクセイは言う。彼は報告書でエレオノーラが使用人にまで蔑ろにされていたことを知っていた。

「余の妻となる者を粗末にした報いは、必ず受けてもらうぞ」

アレクセイが言葉だけでなく凄《すさ》まじい威圧感を放つので、屋敷中に緊張が走る。

(使用人たち、怯えてるだな。とりあえず、この屋敷にはオラは用はねえから、こっから出て、オラの離れに行くっぺ)

「……陛下、いっかくちゃんにお会いになりませんか?」

「まずは公爵と話をしたいのだが」

「……使いは出しておりますが、父はまだ帰ってこないかと」

エレオノーラが同意を得るように執事に目配せすると、執事は大きく頷いた。

「ならば、エレオノーラの暮らす離れで待つ。公爵にそう伝えよ」

公爵令嬢が住むようなところではない離れに、皇帝が足を運ぶ事態となり、執事をはじめとした使用人たちが慌てるが、アレクセイの言葉に否と言えるはずもなく、一行は離れに向かった。

　エレオノーラと並んで歩くアレクセイが呆れたように言う。

「あの屋敷からだいぶ遠いところにあるんだな」

「……はい」

　屋敷の敷地の端まで来ると、侍従や護衛騎士が持つ光魔石のランタンが照らした先に、離れが見えてきた。

「ここがそなたの育った場所か」

「……はい」

「あの花壇で花を育てているんだな」

（花は育ててねえだ。全部野菜だっぺ）

　令嬢言葉でエレオノーラが答えようとする前に、アレクセイは侍従や騎士たちに命令をした。

「おまえたちはここで待機せよ。余とエレオノーラはこの家に入るが、決して邪魔をすることのないように」

　そして、エレオノーラに向き合うとアレクセイは表情を崩した。

「防音魔法を施した。さあ、いっかくちゃんに会わせてくれ」

　エレオノーラも微笑み返し、ドアノブに手をかけ家の中に案内する。ドアを閉めるとすぐに、彼女は喋り始めた。

「ささ、こっちに座るっぺ！　すぐに、お茶を用意するからな。そうだ！　ハムちゃん、これ見てけろ！」

彼女はやかんに火をかけるときに、魔法を使った。

「オラも魔法が使えるようになったんだっぺ！」

無邪気なエレオノーラをアレクセイは微笑ましく見ていた。

「あ、そうだっぺ、いっかくちゃんを紹介するだよ」

「ああ、君の言っていた魔獣だね」

「んだ。いっかくちゃん、こっちに来るっぺよ！」

エレオノーラに呼ばれた一角ネズミはとことこと彼女に向かって走ってくる。彼女が一角ネズミを肩に乗せると、きゅいきゅいと挨拶をするように鳴いた。

「この子がいっかくちゃんだっぺ」

一角ネズミをアレクセイに見せると、エレオノーラはしみじみと言う。

「いっかくちゃんとも、しばらくしたらお別れだっぺ。魔の森に仲間がいるかもしんねえからな」

一角ネズミはグリフォンのように賢くないので会話はほとんどできないが、彼女にとっては大切な家族だ。

「そうだね。一人で寂しかった君を支えてくれた大切な魔獣だから、ちゃんと魔の森で暮らせるように整えよう」

「よかっただな、いっかくちゃん！　あ、お湯が沸いたっぺ。ハムちゃん、座っててけろ。昨日焼いたパイの残りもあるっぺ」

エレオノーラは嬉々《きき》としてお茶の準備をする。その間、アレクセイは家の中を見渡した。

台所と居間と寝室しかない小さな家は、エレオノーラによって清潔に整えられている。

「こういうところで二人で暮らすのも悪くはないかもしれない。魔の森に小さな家を作るか」

何気なく呟いたアレクセイの独り言が、茶器の載ったトレーを持ったエレオノーラの耳に入る。

「ハムちゃん、それはとっても素敵だっぺ！　お休みの日に魔の森で二人で過ごすだ！」

目を輝かせてエレオノーラが言うと、アレクセイは破顔した。

「仕事漬けの日々だから、セルゲイから休暇をとるようにと何度も言われているんだ」

エレオノーラがトレーをテーブルに置いて、アレクセイに言う。

「オラ、嬉しいだ！　またハムちゃんとあの森に行けるんだな。生まれ変わってよかっただ！」

エレオノーラの満面の笑顔を見て、アレクセイは彼女の手を握りしめ、引き寄せた。

「エレオノーラ……」

アレクセイが彼女を抱きしめようとしたとき、エレオノーラは玄関ドアが振動していることに気づく。

「ハムちゃん、誰かが来たみてえだ。防音魔法解いてけれ」

あからさまにアレクセイの機嫌が悪くなるが、防音魔法がかかった状態では返事もできない。

「分かったよ」

すると、ドアをノックする音が部屋に響く。エレオノーラが中に入るように促すと、そこに現れたのは宰相のセルゲイだった。

「エレオノーラ様、失礼します」

「……宰相様、ようこそ」

「セルゲイ、おまえ、何しに来たんだ？」

セルゲイは、不機嫌なアレクセイとは対照的ににこやかだ。

「陛下にとってのおきのプレゼントをご用意しました。騎士と侍従も部屋の中で待機させてもらいますね」

そう言ってセルゲイが中に足を踏み入れると、彼の後ろにはエレオノーラの父親であるプルプレウス公爵家当主ドミトリーの姿があった。

「自宅に帰る道すがら、カジノの前にプルプレウス公爵家の紋章が入った馬車が駐まっているのが目に入りましてね。そういえば、陛下も公爵家に行っておられるはずだと。ついでなので、公爵閣下と一緒にこちらに参りました」

セルゲイの後ろにいるドミトリーは酷く怯えている。

「セルゲイ、また邪魔をしに来たのか？」

アレクセイはドミトリーに目もくれずに、セルゲイを睨《にら》んだ。

「とんでもございません！　プルプレウス公爵閣下に、陛下とご長女エレオノーラ様との婚約の宣誓書にサインを貰《もら》おうと思いまして。本当なら、明日にするつもりでしたが。ほらこの通り、急ぎ作成したのですよ」
　セルゲイは羊皮紙でできた紙をアレクセイに渡す。これは婚約時に帝国国教会に提出するもので、
大抵は古代語で定型文が書かれてあるだけだが、セルゲイがそれに幾つかの条件を加えていたらしい。
　アレクセイは渡された宣誓書に目を通すと、満足げに頷く。
「ああ、よくできている」
「お褒《ほ》めに与《あずか》り恐悦至極でございます」
　アレクセイとセルゲイは目を合わせてニヤリと笑った。
「プルプレウス公爵閣下、ここに署名を」
　セルゲイがドミトリーに紙を渡すと、古代語が読めない彼は急いで署名した後に、震えながらアレ
クセイに尋ねる。
「つ、妻と娘は無事なのでしょうか？」
　その問いに、アレクセイは皮肉げに笑う。エレオノーラはといえば、ドミトリーの妻子を思う気持
ちは本物なのだと少しだけ感心するとともに、彼の軽率さに呆れていた。
(書類の内容を確認もしないで、署名して大丈夫だべか？　何回も騙《だま》されたのに、懲《こ》りない人だっぺ
な)
「余に祝いの言葉もなく、それを聞くのか？　非常に不愉快だ」

「も、申し訳ございません！」

青ざめて謝罪するドミトリーの姿に興醒《きょうざ》めしたような顔をしてアレクセイは言い放つ。

「おまえの娘、エレオノーラはこの通り元気にしているだろう？」

「いえ、はあ、エレオノーラも娘ではありますが、あの、私の妻のアンナと娘のソフィアのことでございます」

「あの、愚かな無礼者たちか。不敬罪で首を落とすつもりだったが、エレオノーラが慈悲を求めてくるんでな、まだ首は繋がっているぞ」

ドミトリーは青ざめていた。

「い、今はどこに？」

アレクセイは、ドミトリーの相手をするのも汚らわしいとばかりに、侍従に目配せをする。すると、侍従がドミトリーに彼女たちの処遇を伝え、彼はガタガタと震え始めた。アレクセイはその様子を見見て、小物もいいところだと言わんばかりに鼻で笑う。

「二度と余の前に姿を見せるな」

その言葉で、ドミトリーはエレオノーラの住む離れから逃げ出すように出て行った。追いかけるように執事も去ったが、狭い部屋の中には、まだセルゲイと、セルゲイとともに入ってきた騎士二名、従者二名がおり、もちろん外にも騎士たちが護衛のため立っている。

（この離れにこんなに人がいっぱいだったことなんて、今までに一度もねえだ。とりあえず、宰相様

をもてなすっぺな)

エレオノーラは、セルゲイに椅子に座るように勧めた。ちなみにこの離れには、椅子は二脚しかなく、セルゲイはアレクセイとテーブルに向かい合うことになる。

「……宰相様、こちらへどうぞ」

「おお！　エレオノーラ様の手ずからお茶を頂けるのですか？　いやいや、睨まないでください、陛下。嫉妬深い男は嫌われますよ」

アレクセイをからかうセルゲイに、エレオノーラは真剣な顔をして言う。

「……何があっても、わたくしが陛下を嫌うことはございません」

その発言に、セルゲイは驚く。そして、椅子に座ることなく、立ったままセルゲイはエレオノーラに尋ねた。

「エレオノーラ様は、まだ二回しか陛下とお会いしていないのに、なぜそんなことが言えるのでしょうか？」

少し逡巡してエレオノーラはその問いに答える。

「……昔、陛下にお会いしたことがあるのです。……とても、とても大切な思い出でございますので、これ以上は申し上げられません」

「ほう。大切な思い出ですか！　きっとまだエレオノーラ様はお小さかったんでしょうね。陛下は長い間、帝都に不在でしたから。随分と前に、お会いしたことがあるんですね」

（小さかったのはハムちゃんの方だっぺ。オラが大人でハムちゃんは天使のようなめんこい綺麗な子供だったっぺよ）

エレオノーラは黙って微笑む。これは、社交界で返答に困ったときによくする対応方法で、無言の笑みを見せて肯定も否定もしない。すると、相手が勝手に判断するのだ。セルゲイは、エレオノーラの笑みを肯定と捉えたようだ。

「さて、陛下。そろそろ城へ戻りましょう。まだ婚約は成立していません」

「しかし、ここには彼女の味方は誰もいないではないか。そんなところに一人で置くことはできない」

アレクセイがエレオノーラの置かれた環境に酷く憤っているのは、彼女にも手に取るように分かった。エレオノーラが登城したときも侍女の一人もつけられていなかったこともあり、彼女とともにいるのは一角ネズミだけではないかと思っているのだろう。

（付き合いは浅いけんども、メイドのリラとラリサはオラの味方だっぺな）

「……味方がいないわけではございません。親切なメイドが二名おります」

エレオノーラがアレクセイに答えると、セルゲイがまた口を挟む。

「では、そのメイドに身の回りの世話を頼んで、あとは陛下の騎士を置けばよろしいでしょう」

「……ご高配いただき、ありがとうございます」

「陛下、これで安心して城に帰れますね。未婚の女性宅にこんな遅くまでいるなんて、エレオノーラ様の名誉が傷つきます。陛下、お分かりですよね」

セルゲイの言うことは理解できるが、アレクセイはエレオノーラをこの公爵家に一人残すのはどうしても不安なようだった。

「分かった。全ての騎士を置いていく」

アレクセイの発言に、エレオノーラが大きな目をさらに大きくする。

（いやだっぺ！　こんなに沢山の騎士様に家の外を囲まれて寝るだなんてできねえだ。無理だっぺよ！）

「……沢山の騎士様がいては、落ち着いて眠れません」

エレオノーラが困ったように言うと、セルゲイもその通りだと追随し、アレクセイは考え直した。

「分かった。騎士を五名置いていく。しかし、部屋の中には決して入れぬようにな。明日、婚約式を行ったら、城に居を移してくれ」

明日とはまた急だと驚きつつも、アレクセイと一緒にいたい気持ちが勝《まさ》って、エレオノーラは頬を染めて頷いた。

「独り身にはあてられる光景です」

セルゲイのぼそっと放った呟きに、彼女は恥ずかしくなってしまった。

「というわけだから、二人のメイドをここに呼んできてくれ。セルゲイ、おまえは先に帰れ。俺は、まだエレオノーラが淹《い》れた茶を飲んでいない。一杯飲んだら、帰城する」

セルゲイはアレクセイの言葉にやれやれといった顔で頷く。

「陛下、侍従と騎士はこのままにしておきます。彼らがお二人をお護《まも》りしておりますからね」

セルゲイは言外に、アレクセイがエレオノーラに手を出さないようにと釘《くぎ》を刺して、離れから出て行った。

騎士たちが離れの中にいるため、エレオノーラは黙ったまま、冷めてしまったお湯を温めなおして、お茶の用意をする。

(今日は怒涛《どとう》の一日だったたっぺ。でも、オラ、これからハムちゃんと一緒にいられるんだっぺな。会いたかったハムちゃんに会えたっぺ)

「……陛下、どうぞ」

エレオノーラがお茶を淹れると、アレクセイは彼女にも座るように促した。

「一緒に飲もう」

そう言われて、こくりと頷きエレオノーラも席に着く。

「本当なら、今すぐにでも城に連れ帰りたいんだがな」

アレクセイの言葉に、エレオノーラは首を横に振る。

「……宰相様のお心遣いを無下《むげ》になさってはなりません」

(そりゃ、オラもハムちゃんと一緒にいたいっぺ。でもな、物事には順序ってえのがあるだ)

「エレオノーラはセルゲイを信頼してるんだな」

「……宰相様は陛下のことを身を盾にして守ろうとなさりました。宰相様は陛下を心より大切になさっております」

エレオノーラは微笑んだ。

「……陛下が一人でなくてよかったです」

「エレオノーラ」

アレクセイがエレオノーラに手を伸ばしたとき、ドアがノックされた。メイドのリラとラリサが離れにやってきたのだ。

彼女たちはアレクセイを目にして、あからさまに驚いていた。アレクセイは堂々たる美丈夫だ。エレオノーラはそんな二人に苦笑しつつ、声をかける。

「……夜遅くに、ごめんなさいね。リラ、ラリサ」

我に返った二人は頭を下げた。エレオノーラの下に皇帝陛下であるアレクセイが訪れているという話は聞かされていたが、一生会うことがないであろう雲の上の人を前にして、緊張している。そんな彼女たちにアレクセイは優しく話しかけた。

「君たちはエレオノーラに親切にしてくれていたそうだね」

そして、まさか皇帝みずから直接声をかけてもらえるとは予想だにしてなかったらしく、頭を下げたまま固まってしまった。

（そりゃあ緊張するっぺよな。すまねえな。石膏《せっこう》の像みたいになっちまっただね、リラ、ラリサ）

エレオノーラはアレクセイに申し訳なさそうに言う。

「……陛下、そろそろお戻りになられた方がよろしいかと」

アレクセイはしぶしぶだが、彼女の言葉に従った。

「分かった。あとは、このメイドと騎士たちに任せよう」

アレクセイは立ち上がり玄関に向かった。そして、エレオノーラの見送る姿を見て相好《そうごう》を崩す。

「エレオノーラ。明日という日をこんなに楽しみに思ったことはない」

「……わたくしもでございます」

頬を赤らめてそう答える彼女の頬に、アレクセイは軽くキスをして抱きしめた。

「このままずっと一緒にいたいんだがな」

アレクセイがエレオノーラだけに聞こえるように囁くと、彼女は嬉しさと恥ずかしさで、目を潤ませる。その姿は、実に色っぽかった。

「おまえたち、エレオノーラの姿を見るな。しかし、決して護衛は怠《おこた》るな」

アレクセイは騎士たちに無理難題を押し付けて、名残惜《なごりお》しそうに公爵家を後にした。

第六章

それは家族愛ではなくて

A SILENT LADY
&
COLD EMPEROR

翌日、エレオノーラは婚約式に出るために、メイドのリラとラリサに身支度を整えてもらっていた。

ドレスは今朝方、城から送り届けられたもので、昨日皇城の晩餐《ばんさん》の際に着替えたドレスと同じく、隣国からの献上品の一つであり、コルセットの必要がない、胸下で切り替えのある白いドレスだ。あたかもエレオノーラのためだけに誂《あつら》えたようなドレスだが、恐らくお針子が深夜まで仕事をしたのだろう。シンプルなつくりだが、絹布《けんぷ》のジョーゼットで仕立てられているので、動く度《たび》にふんわりと揺れ、二人のメイドは幻想的だと興奮していた。そしてエレオノーラは、苦しくないドレスなので大層気に入っている。

「このドレス、本当にお似合いです。周りに妖精が飛んでいそうです！　いえ、私に見えないだけで、本当に飛んでいるんだと思います！」

「神話に出てくる女神のように輝いています！　本当にキラキラしていて眩《まぶ》しいです！」

メイドたちが異常に褒《ほ》めるので、エレオノーラは彼女たちの体調が心配になった。

(幻覚が見えてるんだべか？　やっぱり、毒キノコ食ってんのかもしんねえ。もしかして、オラの知らないキノコなのかもしれねえだな)

「……褒めてくれてありがとう」

エレオノーラは幻覚を否定せずにお礼を言い、それから毒キノコを食べないようにとそれとなく注意をした。

「……あなた方、よく分からないものは口にしてはダメよ」

エレオノーラの見当違いな気遣いに、二人は目を輝かせて答える。

「まあ！　エレオノーラ様、私たちを気遣ってくださってありがとうございます。奥様たちが居なくなった上に、エレオノーラ様が私たちによくしてくださっているから、他の使用人に嫌がらせを受けるかもしれないと心配されているのですね。私たち、十分に気をつけます！」

(違うっぺ！　いんや、でも、確かに嫌がらせはあるかもしんねえなあ。といっても、特定の使用人を特別扱いしちゃなんねえ。だども、オラは優しいこのメイドの二人が好きだっぺ。オラが城に行ったら、この娘っ子たちはどうなるだ。この公爵家の先は暗いっぺ。かといって、オラに使用人を自由に動かせる権限はねえしなあ)

エレオノーラがこれからのことをうんうんと考えているうちに、準備は整った。そして、二人を驚かせないように、こっそり一角ネズミを小さなバスケットに入れて、城に向かう。

「……では行ってくるわね」

リラとラリサにそう言うと、エレオノーラは馬車に乗った。馬車の中から今まで住んでいた離れや、世話をしていた畑を見て、少しだけ感傷的になったが、これからアレクセイと一緒にいられると思うとすぐに気持ちは浮上する。

(オラ、すごく幸せだっぺ。また、ハムちゃんと一緒にいられるんだっぺよ)

馬車の中から見える風景も、鮮やかに目に映る。これからアレクセイに会えると思うと胸が高鳴るのだった。


そのころ、皇城ではアレクセイがそわそわとエレオノーラを待っていた。

「陛下、落ち着いてください。今日は聖堂での婚約式ですが、お二人で宣誓書を提出するだけですよ？」

セルゲイが呆《あき》れるように、しかし、嬉《うれ》しそうに言う。

「エレオノーラの部屋はとりあえず俺の部屋でいいな」

「ダメですよ！　まったく何を言ってるんですか。ちゃんと皇族に準じた部屋を用意しています。エレオノーラ様の名誉を守ってください」

「セルゲイ、お前の言う名誉とはなんだ？　誰のためだ？　エレオノーラ本人がよいと言うならば問題ないだろう」

「ダメですよ！」

そのとき、侍従がエレオノーラの到着を伝えにきた。

アレクセイは急《せ》く気持ちを抑え切れず、自らドアを開ける。

「エレオノーラ！　会いたかった」

一方のエレオノーラはまさかアレクセイがドアを開けるとは思っておらず、一瞬驚くも、顔をほころばせた。

「……陛下、わたくしもお会いしとうございました」

その言葉を聞いて、アレクセイはエレオノーラをぎゅっと抱きしめる。

すると、セルゲイがわざとらしく咳払《せきばら》いをして、今日の予定を大きな声で伝え始めた。

エレオノーラは我に返って恥ずかしくなり、アレクセイに言う。

「……陛下、宰相《さいしょう》様のおっしゃるように本日は婚約式ですから、ね？」

彼女が上目遣いでアレクセイを見つめると、彼はため息をついて、抱きしめていた腕を緩めた。

「ああ、分かった。時間が惜しい。今から行こう。そして、さっさと終わらせよう、エレオノーラ」

その言葉に彼女が頷《うなず》くと、アレクセイたちはすぐさま帝都の東に位置する聖堂に向かい、歴史に残る早さで婚約式を終えたのだった。

「これでエレオノーラは俺の婚約者だ。帝国国教会に提出した宣誓書も有効になる」

昨日、セルゲイが作成したという宣誓書だが、エレオノーラの父親は何も確認せずに署名をした。

もっとも彼は古代語をまったく読めないので、内容を精査するには誰かの助けが必要である。しかし、アレクセイとセルゲイがその時間を与えなかったのだ。

「……宣誓書にはなんと書かれてあるのでしょうか？」

エレオノーラの問いに、セルゲイが黙ってその写しを渡す。宣誓書は法的拘束力があるものなのだが、エレオノーラはその内容に目を丸くした。なんと、エレオノーラをプルプレウス公爵家の当主とし、公爵家の資産は全て彼女のものとすると書いてあるのだ。

「……わたくしが当主」

戸惑うエレオノーラにアレクセイは大したことではないと口の端を上げる。

（おおごとだっぺよ！　オラ、アレクセイ様のお嫁さんになるのに、公爵になっちまったら、どうなるんだっぺ？　父親たちはどうなるんだっぺ？）

「……大変驚いております。わたくしが公爵になると、陛下に嫁《か》すことは難しくなるのではないでしょうか？　それに父たちのことも」

エレオノーラが当主となれば、彼らの面倒ごとも責任を持たねばならない。

彼女が抱いた疑問には、セルゲイが答えた。

「プルプレウス前公爵は新たに領地を与えられます。そして前公爵の妻と娘もその領地で暮らす予定です。エレオノーラ様は公爵位につかれましたが、領地運営は帝国が代行管理します。皇后となられるお方の領地ですので」

「……それでは、公爵としての責務を果たせません」

エレオノーラは、貴族の娘ゆえに豊かさを享受《きょうじゅ》してきたのだから、貴族の義務を放棄すべきではないと思っていた。前世で貧しい貧農暮らしを知っているからこその思いだ。

(貴族なんだから、やることはやんねえとならないっぺよ。領地の人々の生活に責任を持たねえとならんだ)

彼女が眉間《みけん》に皺《しわ》を寄せると、アレクセイが真面目《まじめ》な顔で語り始めた。

「エレオノーラ。俺は、帝国を変えていくつもりだ。急激な変化に民はついてこれないだろうから、徐々にだが」

エレオノーラはなんのことか分からず、首を傾《かし》げる。

「今、領地ごとで税率が異なり、民の扱いも違い、貧富の差が激しい。その格差を是正していく。それには貴族の特権も徐々になくしていく必要があるが、反発は免《まぬが》れないだろう。それでも俺は、帝国民が豊かに暮らせる世の中にしたい」

「……それでもわたくしは、プルプレウス公爵家当主として、領地を治めねばならないと思うのですが。プルプレウス公爵領は帝国の直轄地になるのでしょうか?」

「いいや、プルプレウス公爵領は君のものだ。ただし、全ての領地がウィリデス帝国法の下《もと》、統治されるようにしたいと思っている。元老院を解体して、議会を作る。今はまだ時期尚早《しょうそう》だが、その下地は作っていけるだろう。領地運営のモデルとなるのが、君の領地となったプルプレウス公爵領だよ。

皇后の治める領地がウィリデス帝国法を順守し、領民が豊かになれば、その他の領地に暮らす帝国の民にも、その有用性が理解してもらえるだろう」

（政府ってえのは、ローマン先生に教えてもらっただ。隣国は、議会政治になったって話だっぺ。でもって、ウィリデス帝国は絶対君主制だって言ってただ。この国の前皇帝は前皇后の外戚で占められてた元老院の言いなりになってたって、話してくれたっぺな）

「エレオノーラ、君は公爵家当主として、俺が理想とする国をともに作ってほしい」

アレクセイは、エレオノーラに協力を求めた。

「……今すぐにご返答はできませんが、前向きに検討したく存じます」

エレオノーラは父ドミトリーと異なり、慎重である。自分で考えて、答えを出したいのだ。彼らの側《そば》でセルゲイが目に涙を浮かべていた。

「陛下がこんなにも国政のことに気をかけてくださるとは……！　いやはや恋の力は偉大ですね。いずれにせよ大変喜ばしいことです！」

感動しつつも、若干《じゃっかん》のからかいを含んだセルゲイの発言に、アレクセイは苦笑いをする。

「これからはエレオノーラとともにこの帝国で生きていくんだ。彼女のためによりよい国にしたいのは当たり前だ」

アレクセイがエレオノーラをじっと見つめてそう言うと、セルゲイもエレオノーラの方に顔を向け、頭を下げた。

「エレオノーラ様。誠にありがとうございます」

エレオノーラはセルゲイに感謝されるようなことはしていないと、困った顔をして答える。

「……全ては陛下の御心のままに」

「なにをおっしゃいます！　エレオノーラ様のお陰で、陛下もようやく遅い思春期を迎えることができました」

「おい、セルゲイ、俺を馬鹿にしているのか？　いい加減にしろ」

セルゲイはアレクセイの言葉を聞かず、なおもエレオノーラに感謝の気持ちを伝えようとする。

「私は陛下が幸せになることを何よりも望んでいました。エレオノーラ様には感謝しかありません」

エレオノーラはセルゲイの称揚の眼差《まなざ》しに堪《た》え切れず、話題を変えた。

「……ところで、父に新たに与えられた領地ですが、領民の方々は大丈夫でしょうか」

（あの父親のことだっぺ。碌《ろく》なことしねえだ）

「ご心配いりません。私が諸々《もろもろ》手配しておりますので、エレオノーラ様は心置きなく輿入《こしい》れなさってください」

「……宰相様、ご配慮くださりありがとうございます」

彼女は安堵《あんど》して微笑《ほほえ》んだ。

（なにはともあれ、誰も処刑されなくてよかっただ！　それに一応まだ領主でいられるんだべな。新しい領民が気になるけど、そこはきっと、宰相様がちゃんと考えてくださるっぺ）

実際のところ、父親に与えられる領地は無人島であり、領民が一人もいないところである。

後日、そのことを知ったエレオノーラはアレクセイとともにグリフォンに乗ってその島を訪れるが、かつての家族は、エレオノーラを蔑《ないがし》ろにした使用人たちとともに、自給自足の生活のために日々働いていた。

ここでは領主といっても名ばかりで、使用人だった者たちも彼らに仕えることはない。父親たちも、働かねばならないのだ。

継母《ままはは》アンナと異母妹ソフィアがグリフォンに乗ったエレオノーラの姿に気づくと、喚《わめ》きながら石の礫《つぶて》を投げてくる。

「エレオノーラ！　あんたさえいなけりゃ！」

「降りてきなさいよ！」

生憎《あいにく》と投げられても届く距離ではなかったため何事もなかったが、同じくグリフォンに乗ったアレクセイが皆殺しにしようと言うので、思い切り首を横に振ってダメだと答えた。

(それにしても、日によく焼けて、健康的になったっぺ。魔獣より野性味が溢《あふ》れてるだ)

元公爵の父ドミトリーはといえば、そんな二人を諌《いさ》めては逆に殴られていた。

「あんなもの見てはエレオノーラの目が腐る。帰ろう、エレオノーラ」

アレクセイの言葉に頷いて、エレオノーラたちは去って行った。

さて、婚約式の後、エレオノーラはメイドのリラとラリサを皇城に呼び、他の侍女たちとともにエレオノーラ付きにした。有能な家令はプルプレウス公爵領地経営の一部を担当することになり、家庭教師だったローマンはアカデミーで教師の職につく予定だ。

エレオノーラの生活は一変した。

今までの公爵家の離れの生活とは異なり、いつも人目があることで自由に話すことができなくなったのだ。

「……いっかくちゃん、ご飯よ」

（いっかくちゃんにも、令嬢言葉で話しかけねえとなんねえだなんてな。なんて不自由なんだっぺ）

その一角ネズミも、いずれ魔の森に帰す予定だ。一角ネズミはもともと研究のために捕獲されていて、研究者の不備で逃してしまったらしい。グリフォンのぐりちゃんが言うには、エレオノーラには魔獣を惹きつけるものが備わっているらしく、一角ネズミは誘われるように彼女の下に行ったのだろうとのことだった。

エレオノーラと婚約したアレクセイは以前にも増して忙しくなり、彼女は日がな一日、刺繍《ししゅう》や読書をして過ごしている。アレクセイと会えるのは夜遅くになってからだ。

エレオノーラは寂しくて仕方がなかった。アレクセイと同じ城に住んでいるのに、会うのもままならないのだ。

（でも、仕方ないっぺな。ハムちゃんは、帝国を変えるって頑張ってるだ。オラ、寂しいだなんて、我《わ》が儘《まま》言っちゃなんねえだ。オラはハムちゃんと家族になるんだから）

慣れない生活のせいで、憂《うれ》いを帯びた顔を見せることが多くなったエレオノーラを元気づけるため、侍女長クリスチーナがお茶会をしてはどうかと勧めてきた。クリスチーナは皇帝派貴族の伯爵家の未亡人だ。反皇帝派貴族が跋扈《ばっこ》していた時代は冷遇されていたが、今では皇城の中で権力を持つ女性の一人である。

「エレオノーラ様、来月あたりに秋バラが見頃となります。お茶会を催してはいかがでしょうか」

その提案に、エレオノーラは思案顔を見せた。

（お茶会だって？　オラにそんなの無理だっぺ！　貴族のご婦人やご令嬢の相手をするだなんてできねえだ。……でも、オラ、ハムちゃんのお嫁さんになるんだ、そうすっと、これがオラの仕事になるんだっぺ。逃げちゃダメだっぺ！）

「……ええ、そうしましょう」

エレオノーラは人付き合いは大の苦手だが、アレクセイのために頑張ろうと覚悟を決めて答えた。お茶会の準備の諸々は、侍女たちが取り仕切ってくれるが、最終的に判断するのはエレオノーラだ。

「……クリスチーナ、わたくしに色々と教えてね」

「畏《かしこ》まりました」

クリスチーナは、驕《おご》らず教えを乞《こ》うエレオノーラを敬愛していた。

「エレオノーラ様のご母堂エミーリア様はバラがお好きでした」

「……わたくしのお母様をご存じなの？」

「ご結婚される前までは、仲良くさせていただいておりました」

クリスチーナが母エミーリアと親しい関係だったとはと、エレオノーラは驚く。彼女はエミーリアのことをよく知らないのだ。

(オラの母ちゃん、不幸な結婚をして、若くして天国に行っただ。最期まで一人だったたっぺな。オラとおんなじ髪の毛の色した人だったたっぺ。でもオラ、あんまり覚えてねえだ)

「エレオノーラ様がお小さいときに儚《はかな》くなられたので、エミーリア様のことはあまりご存じないのですよね」

「……ええ。お母様はどんな少女時代を送ったのかしら？」

クリスチーナは、エミーリアの結婚が決まったとき、心から同情したと言う。プルプレウス公爵家の当主になったばかりのドミトリーにいい噂《うわさ》は一つもなかった。そして結婚後の生活はさらに酷《ひど》いものだ、当主には結婚前からの愛人がいて、姑《しゅうとめ》には厳しく当たられた上に、仕事漬けの毎日だと知ったのは、エミーリアが亡くなった後とのこと。クリスチーナは彼女の子供が冷遇されているのではないかと心配になったが、すでに後妻がプルプレウス公爵家に入っており、何もできなかった。案の定、その娘であるエレオノーラは継母たちに辛《つら》い目に遭わされていた。

しかし、エレオノーラは全て過去のことだから気にしないでほしいと言い、嫁ぐ前のエミーリアのことをクリスチーナに尋ねる。

「エミーリア様は、とても頭の良い方でした。そして淑女の鑑《かがみ》のような方でした」

クリスチーナが懐《なつ》かしそうに語る。

「……お母様は実家では幸せだったのかしら？」

「ええ。ご両親にとても愛されていました。だからこそ、ご実家のためにプルプレウス公爵家に嫁いだのです」

（オラの母ちゃんは、愛されていたんだっぺな。一人じゃなかったんだっぺな。最期は悲しかったけんども、きっと天国で幸せに暮らしてるだ）

「……そう。お母様が幸せな少女時代を送ったことが聞けて、とても嬉しくてよ。決して不幸なだけの人生ではなかったのね」

エレオノーラが優しくそう言うと、クリスチーナは涙ぐんだ。


その晩、いつものようにアレクセイがエレオノーラの部屋にやってきた。

「アレクセイ様、いらっしゃいませ」

「ん？　エレオノーラ、どうした？　なんだかいつもより疲れている感じがするが？」

アレクセイが心配そうに、エレオノーラの頬に触れる。

「……大丈夫です」

「そんなことないだろう？」

アレクセイの青い目が、有無を言わせないかのようにエレオノーラを見つめる。

（本当になんでもねえだよ、ハムちゃん。ちょっと、お茶会のことを考えていただっぺ）

「隠し事は嫌だな。何か不安なことでもあるのか？」

「……お茶会がほんの少し心配で」

「お茶会か。エレオノーラが嫌だったら、別にしなくてもいいと思うが？」

アレクセイが優しく言うが、エレオノーラは首を横に振る。

（ダメだっぺよ！　オラ、ハムちゃんのお嫁さんになるんだっぺ。そうしたら、オラ、皇后になるだ。役立たずの皇后だなんて、ハムちゃんに申し訳ないっぺ。オラ、ハムちゃんを幸せにしたいんだっぺ！）

「……わたくしを甘やかさないでください」

「本当なら、こんな人が多いところで過ごすのも辛いんだろう？」

アレクセイの言う通りなのだが、エレオノーラは口を結んで肯定も否定もしない。

「俺は君に無理をさせたくないんだ」

「……わたくし、頑張りたいのです」

頑《かたく》なな態度をとるエレオノーラに本音を吐かせたいのか、アレクセイは防音魔法をかける。

「パイ、本当のことを言ってくれ」

パイと呼ばれて、エレオノーラは眉尻を下げた。

「ダメだっぺよ、ハムちゃん。ここにはお付きの方々がいるっぺ」

「構わないさ」

アレクセイは、エレオノーラの隣に腰掛けた。

「で、どうしたんだ？　人は怖いんだろう？　俺は君に辛いことはさせたくないんだ」

彼女は違うと首を横に振る。

「オラな、ハムちゃんのお嫁さんになるっぺ」

その言葉にアレクセイは嬉しそうに頷く。

「だからな、オラ、ハムちゃんの役に立ちたいんだ。引きこもりの皇后だなんて、そったらことできねえだ。オラ、頑張りてえだ。だから、今日はさっきまで貴族名鑑読んで沢山《たくさん》の貴族たちの名前覚えてたっぺ。オラは、オラは……、ハムちゃんと一緒に二人で幸せになりたいんだっぺ」

エレオノーラが真剣な眼差しをアレクセイに向けると、彼は目尻を下げた。

「ありがとう、エレオノーラ」

「うんにゃ、お礼を言うのはオラの方だっぺ。魔の森でオラと一緒に暮らしてくれてありがとうな。オラ、ハムちゃんに出会わなけりゃ、人に愛される幸せを知らねえままだった。オラ、ハムちゃんの母ちゃんが、ハムちゃんに不死の加護を与えたことも感謝してるんだっぺ。そりゃ、ハムちゃんは苦しかったと思う。辛かったと思うだよ。でも、それがなければ、オラはハムちゃんに会えなかっただ。そんで、ハムちゃんがその加護をオラにくれたお陰で、こうやって生まれ変わって、またハムちゃんに会えたっぺ」

アレクセイはエレオノーラをぎゅっと抱きしめた。

「愛しているよ、エレオノーラ。でも決して無理はしないでくれ」

エレオノーラは、アレクセイの大きな背中に手を回した。

(オラ、大丈夫だ。一人でねえから)

「分かっただ。ありがとな、アレクセイ様」

「……ん？　ハムちゃんじゃないのか？」

エレオノーラは自分でも、なぜハムちゃんではなくアレクセイ様と呼んだのか分からなかった。

「なして、アレクセイ様って言ったんだっぺ、オラ」

彼女はぽつりとアレクセイの腕の中で呟《つぶや》いた。

エレオノーラ主催のお茶会は、帝国の高位貴族の夫人と令嬢を呼んで行われた。初めてのお茶会ということで小規模なものだ。侍女長クリスチーナの言葉通り、秋バラが見事に咲き誇っている。

エレオノーラの装いは、アレクセイの目の色と同じ青のドレスで、胸の下で切り替わっている愛用の型だ。初めてこの型のドレスを着てからというもの、エレオノーラはコルセットをつけなくなった。

（あんなに締め付けたら、身体によくねえだ。飯も食えねえっぺよ）

波打つ金髪を下ろし、両サイドを編み込んで、小さなバラを挿していた。その姿は、聖堂にある聖母像のように清廉《せいれん》で美しい。

「……皆さま、ようこそおいでくださいました。本日はどうぞお楽しみくださいませ」

エレオノーラがにっこりと微笑んで挨拶をすると、招待客たちはその姿に釘付《くぎづ》けになった。

（みんな、どうしたっぺ？　オラ、なんか失敗しただか？　でも、オロオロしちゃなんねえだ。淑女ってえのは、いつだって冷静に対応するもんだって、教えられただよ）

エレオノーラは着座すると、給仕にお茶とお菓子を用意させた。それぞれのお茶は、あらかじめ調べて客の好みに合わせている。しばらくすると、お茶会は和《なご》やかな雰囲気になっていった。その中でももっとも爵位の高い家の夫人とその娘が、エレオノーラに挨拶に来たが、高位貴族といえども夫人の方から声はかけられないので、エレオノーラが先に話しかける。

「……フィレンコフ公爵夫人、それにアデリーナ様、今日はようこそおいでくださいました」

エレオノーラは勉強のかいあって、貴族の名前をほぼ覚えたのだ。

（確か、仲良し親子だっぺ。一緒に慈善活動してるって報告書を読んだだ）

エレオノーラは微笑みながら、彼女たちに話を振る。

「……帝都郊外の孤児院の建て直しの援助をなさっていると聞き及んでいます。……わたくしも何かお力添えができたらと思っていますの」

エレオノーラは魔獣だけでなく人間の子供も好きだ。いずれ彼女自身も孤児院に何らかの支援をするつもりでいる。

「まあ！　エレオノーラ様は私たちの名前だけでなく、活動もご存じなのですね！」

この二人の挨拶を皮切りに、続々と招待客がエレオノーラの下にやってきたが、彼女は一人として名前を間違えず、そして彼女たちの趣味や特技、領地の特産品などを褒めた。

無事にお茶会も終わりを迎えようとしたときに、エレオノーラのことが気になって仕方がないアレクセイが顔を出す。

「……陛下」

エレオノーラがすっと立ち上がって挨拶をすると、それに倣《なら》うように招待客も立ち上がろうとするので、アレクセイがそのままでいいと制す。そして彼らの満足げな表情を見て、お茶会は成功したようだと知ると、笑顔でエレオノーラの腰を抱いた。

「うまくいったようだな」

耳元で囁《ささや》かれて、エレオノーラは頬を染める。

（恥ずかしいっぺよ！　なして、みんなが見てるのにこんなにひっつくだ！）

美しく完璧なエレオノーラが見せる初々《ういうい》しさ、そして悪魔皇帝と呼ばれる男がエレオノーラを愛《め》でる様子に、招待客たちは釘付けになった。まるで恋愛小説の挿絵のようだという囁きが聞こえてくる。

こうしてお茶会を終えたエレオノーラは、後日、皇后として相応《ふさわ》しい立派な令嬢だと褒めそやされることになるのだが、それを誰よりも喜んだのはセルゲイだった。

「計画通りです。陛下の悪い印象も大分払拭《ふっしょく》できました」

セルゲイは満足げに笑みを零《こぼ》す。

そして、このお茶会を終えてからというもの、エレオノーラは意欲的に社交活動をするようになった。

（みんなのお陰だけんども、オラでもちゃんとできたっぺ！　引きこもってる場合ではねえだ。ハムちゃんも頑張ってるんだ、オラも頑張るっぺ！）

今まで他人に認められ評価されることがなかったエレオノーラは、お茶会を成功させたことにより自信を持つことができたのだ。


結婚までの日々、エレオノーラは皇后に相応しくあるように懸命に努力をし、女公爵でもあるため、そちらの立場でも活動するようになった。苦手だった社交も、精力的に行う。

（やっぱり、魔獣や動物と違って、人は怖いだな。悪い人ばっかりじゃねえ、むしろいい人たちばかりなのに、オラ、気疲れしちまうっぺ）

城に来た当初ののんびりとした日々とは、まったく異なっていた。

（オラ、ハムちゃんのお嫁さんになるんだっぺ。頑張るっぺよ）

しかし、本人のやる気とは裏腹に、エレオノーラの表情は段々と硬くなっていく。

「エレオノーラ様、あまりご無理をなさらないでください。今のままで十分ですよ」

夜会を初めて主催した翌日に、宰相のセルゲイが声をかけてきた。

「……とんでもございません。もっと頑張りませんと」

「いや、あなたは存在するだけでよいのですよ？」

「……そういうわけにはまいりません」

セルゲイは眼鏡をくいっと上げて、しょうがないといった表情をして頭を振る。

「ちょっと、陛下のところまで行きましょう」

「……陛下のお仕事の邪魔はしたくありません」

「少しくらい平気です。むしろ喜びますよ」

そう言うと、セルゲイは強引にエレオノーラをアレクセイのいる執務室に連れて行った。

ドアをノックしてセルゲイが入室しても、アレクセイは顔を上げず、返事もせずに、書類に目を落としている。

その姿を見て、エレオノーラはセルゲイに向かって、唇に人差し指を立てて、静かにしていましょうと伝えた。

しばらくすると、アレクセイが苛立《いらだ》ったように声を上げる。

「セルゲイ！　届けられた報告書だが、ここの税がおかしいぞ。なんて杜撰《ずさん》な仕事をしているんだ。ここの管轄は――」

アレクセイが顔を上げると、セルゲイの後ろにエレオノーラがひっそりと立っているのが視界に入る。

「エレオノーラ！」

先ほどまで苛立っていたアレクセイが破顔して、椅子からすっと立ち上がりエレオノーラの下へ来る。

「どうしたんだ？　おや、顔色があまり良くないな。随分と無理していると聞いている」

エレオノーラはそんなことないと否定するが、アレクセイは納得はしていないようだ。

「エレオノーラには、幸せでいてほしい。辛いことはないか？」

「……わたくしは幸せでございます」

（オラ、大丈夫だっぺよ！）

見つめ合う二人に、セルゲイが割り込む。

「あのですね、我が帝国では、本格的に魔獣研究の取り組みが開始されました。お二人で魔の森に視察に行かれてみてはいかがですが？　ほら、ぐりちゃん様の背に乗れば、すぐに着くと、以前おっしゃっていたでしょう」

エレオノーラは思わぬ提案に目を丸くし、アレクセイはよくやったとばかりにセルゲイの背を叩《たた》いた。

「それはいいな！　よし、セルゲイ、調整してくれ。なるべく早くに。エレオノーラの予定は把握しているな」

アレクセイは彼女の目の下にできた隈《くま》を親指のはらで触る。

「魔の森に行こう。仕事だ」

「……お仕事ですか？」

「ああ。だから、行かねばならない」

「……はい、ならば、ぜひ行かせてください」

こうして、エレオノーラはアレクセイとともに魔の森に行くことになった。


その晩、エレオノーラの部屋を訪ねてきたアレクセイに、お茶を手ずから淹《い》れながら聞く。

「……アレクセイ様。わたくし、ぐりちゃんの背に乗って魔の森に行くの、楽しみです」

帝都から魔の森までは馬車で二十日ほどかかるが、グリフォンだと二時間で着く。

「そうか。俺も楽しみだ」

「……わたくし、パイを焼きます」

「楽しみにしてるよ」

「……お任せください」

「ようやく二人っきりになれるね。婚約したというのに、いつも誰かしらの目がある。ようやく君とだけの時間がすごせる」

アレクセイが嬉しげに言うが、エレオノーラは首を捻《ひね》る。

「……いいえ。ぐりちゃんがいますわ。多分ぐりんちゃんも、ぐりんぴっちちゃんも来るかと」

「え？　彼らは人間じゃないし、実質二人っきりだろ？」

するとエレオノーラは首を横に振る。

「……ぐりちゃんは、わたくしよりも賢いんですのよ」

「たとえ人間より賢いとしても、君との逢瀬《おうせ》を邪魔しないだろう」

「……逢瀬だなんて」

エレオノーラはその言葉に顔を赤らめるのだった。


そして魔の森に行く朝。

ぐりちゃんが城の屋上に降り立った。隣には夫のぐりんちゃんと子供のぐりんぴっちちゃんがいる。

宰相をはじめ、侍女や騎士たちがエレオノーラとアレクセイを見送った。

「陛下をお一人にするのは心配ですね」

セルゲイがそう言うと、アレクセイは鼻で笑う。

「俺より強い者など、いない」

セルゲイは眉根を寄せる。

「そうではありません。エレオノーラ様に手を出しはしないかと、それだけが心配なのです」

「……俺はそんな節操なしではない」

目を逸《そ》らして答えるアレクセイを見て、セルゲイはエレオノーラの隣にいるぐりちゃんに頼み込んだ。

「ぐりちゃん様、どうか陛下がエレオノーラ様にご無体を働かないように見ていてください」

ぐりちゃんは承知したとばかりに頷き、エレオノーラに通訳するように促《うなが》す。

「……宰相様。ぐりちゃんはその願い聞き入れたと言っています」

「おお！　さすが真の聖女エレオノーラ様だ！」

アレクセイは彼らのやりとりに呆れつつ、エレオノーラの手を取った。

「さあ、もう行こう」

朝日がアレクセイの銀色の髪を照らす。彼の青い目は、朝日に染まっていない空の色だ。

「……はい」

エレオノーラは、白皙《はくせき》の美貌のアレクセイに見惚《みほ》れるのだった。


グリフォン一家とともに魔の森に向かうアレクセイとエレオノーラだが、ぐりちゃんの指示により、アレクセイは夫のぐりんちゃんの背に乗ることになった。

「一緒に乗ってはダメなのか？」

「……ぐりちゃんは、別々に乗りなさいと言っています。それにぐりんちゃんも、人間とはいえ男性を妻の背に座らせたくないと」

「俺はグリフォンに欲情しないんだが。ああ、そうだ！　ぐりんちゃんに二人で乗ればいいじゃないか！」

アレクセイがそう言って、ぐりんちゃんの方を向くと、ぐりんちゃんは妻のぐりちゃんをちらりと見やって首を横に振った。

「……ぐりちゃんが、ダメだと言っているようです」

エレオノーラがそう通訳すると、アレクセイはようやく諦《あきら》めた。どうにもこうにも、エレオノーラのことになると、アレクセイはしつこい。

そして二人はそれぞれグリフォンの背に乗って魔の森に向かった。大きな翼を広げて大空に舞い上がるグリフォンは神々しい。この飛行による帝国民の混乱を避けるため、前もってグリフォンが飛行する旨《むね》を告知したこともあって、空を人々が見上げる姿が目に入る。地上には、神を拝むように手を組んで頭を下げる老人たちや、大きく手を振る子供たちがいた。

「ハムちゃん、すげえだ！　いっぱい人がいるっぺ！」

エレオノーラは眼下に広がる景色を見て、解放感を味わっていた。

「エレオノーラ、いい笑顔だ！」

アレクセイもエレオノーラにつられて、頬を緩ませている。飛行中、会話はアレクセイの魔法によって問題なく通じ合えた。

「本当にハムちゃんはすげえだ。なあんでもできるっぺ！」

「ああ、魔法はかなり訓練したからね」

アレクセイはパイが死んだとき、封印していた魔力を解放したが、それは通常ならば幼い肉体には耐えられない魔力量だった。しかし、彼は恐るべき努力によって、魔力を制御し、帝国一の魔法の遣い手になったのだ。

「魔力があって良かったよ」

「そうだっぺな！　オラとこうやって、空の上でもお喋《しゃべ》りできるんだもんな！」

アレクセイは魔力があったからこそ、皇帝になれた。どんな姦計《かんけい》でも見破る悪魔皇帝と呼ばれていたが、それはアレクセイの魔法を使った諜報《ちょうほう》によるところが大きい。

「本当にエレオノーラに再び出会えて良かった」

「オラもハムちゃんにまた会えて、本当に幸せだっぺ！」

魔の森が遠くに見えてくると、エレオノーラは歓声を上げた。

「ハムちゃん！　魔の森だっぺ！　あんれ？　なんか木があんまりないところがあるっぺ？　ほら、あそこ、大きいハゲみたいになってるだ」

彼女が言う森の一部がなくなっているところは、パイが殺された後にアレクセイが魔力を放出した場所だ。

「ああ、あそこは、俺が魔力を暴走させて、あんなふうになってしまった」

「ハムちゃん、魔力封印されてたって言ってたっぺな。その封印が解けてしまったせいだか？」

「そうだ」

魔の森上空にくると、かつて二人が住んでいたところが見えてくる。

「あそこだっぺ？　オラたちが暮らしていたの」

「ああ」

「じゃあ、あそこに降りるだ！　ぐりちゃん、頼んだっぺ！」

ぐりちゃんから諾《だく》と返事を得ると、エレオノーラははやる気持ちを抑えきれずにアレクセイの方を見やる。

「ハムちゃん、オラの一番大切な場所だっぺ！」

グリフォンたちが魔の森に降り立つと、エレオノーラはまばらに生えた草木を見て、呟いた。

「昔とは変わってしまっただな」

先にグリフォンから降りたアレクセイが、エレオノーラの腰を掴《つか》んで彼女を抱き下ろす。

「……！」

エレオノーラはアレクセイに触れられると、相変わらずドキドキする。最近はアレクセイが忙しく、会える時間も少なかったせいもあって尚更《なおさら》だ。

「ア、アレクセイ様、あんがとな」

「ああ。それより、疲れてはいないか？」

魔の森まで休憩なしに、ずっとグリフォンの背に乗っていたのだ。

「ぐりちゃんはふわっふわで、馬車よりもずっとずっと快適だったたっぺ。なにより揺れねえしな」

エレオノーラはそう言って笑った。

「確かにそうだな」

「そうだっぺ！　なあなあ、ハムちゃん。昔住んでいた洞窟に行かねえか？　すぐそこだっぺ」

アレクセイの魔力の暴走により更地になったところも、十七年経過し、成長の早い木がまばらに立ち、草も花も見受けられる。

「ああ、行こう」

アレクセイの返事にエレオノーラは、満面の笑みを浮かべた。

森を歩きながら、エレオノーラは思い出話に花を咲かせる。アレクセイは聞き役に徹した。城にいるときは、エレオノーラは自由に話すことができないこともあり、お喋りが止まらない。しかし、その思い出話のほとんどは、幼いアレクセイを褒めるものばかりだった。木の実を集めるのが上手だった、字を教えてくれた、絵を描いてくれた等々、話は尽きない。

「本当にめんこくて賢かったたっぺ。ハムちゃんは、オラの宝物だったただ」

「今は？」

それまで黙ってエレオノーラの話を聞いていたアレクセイが、不意に問う。エレオノーラは足を止めて、アレクセイを見上げた。

「今も、なによりも大切な宝物だっぺ」

その言葉を聞いて、アレクセイはエレオノーラを抱きしめた。

「エレオノーラ、愛してる」

皇城では我慢していたこともあってか、アレクセイはエレオノーラをしばらく抱擁《ほうよう》して、頭に頬に唇に、口づけをする。

エレオノーラは、これまで何度かアレクセイにそういったことをされていたが、まだ慣れず、身体中を熱くし、ただただされるがままになっていた。

アレクセイの深い口づけに、エレオノーラは足に力が入らなくなってしまい、アレクセイは彼女の膝裏に手を入れて横抱きにした。

「ごめん、エレオノーラ」

謝りつつも、まったく悪びれていないアレクセイに、顔を真っ赤にして目に涙を溜《た》めたエレオノーラは声を震わせ訴えた。

「オラ、恥ずかしいだ。やめてけれ、アレクセイ様!」

「すまない。でもやめることはできない。エレオノーラが可愛すぎるからいけないんだ。俺は悪くない」

その言い分にエレオノーラは絶句する。

(えええ? 何言ってるだ! 本当に子供みてえなこと言ってるだよ! 小さいハムちゃんは賢くて

可愛かったから、こんな子供みたいなこと言わなかっただっぺ。もう、オラ、恥ずかしいだ！）

余裕なく悶《もだ》えるエレオノーラを軽々と抱き、森を歩くアレクセイ。しばらくすると、かつて住んでいた洞窟に着いた。

「エレオノーラ、洞窟だよ」

その言葉で、エレオノーラは顔を上げて、懐かしい洞窟に目を向ける。

「アレクセイ様、下ろしてけれ」

「ああ」

ゆっくりと立ち上がったエレオノーラは、アレクセイの手を握った。

「行くっぺ。ハムちゃん」

二人は洞窟に入るが、中には何もない。アレクセイの魔力の暴走は洞窟の中にも及んでいたのだ。

「……オラが一人でここにたどり着いたときとおんなじだっぺ」

前世で十二歳の彼女が村を出て、魔の森にたどり着いたときのことをぽつぽつと語り始める。

「この洞窟はだだっ広いだけで、なあんもなかっただ。でもな、魔獣たちがいて、オラと一緒にいてくれたっぺ。オラ、魔獣たちの母ちゃんになっただ。家族ができただ。でも、あの子ら、みんな死んじまっただ」

孤独だった彼女にできた家族。魔獣たちは彼女に懐《なつ》いた。

「オラの緑色の身体も、気にせん。賢い子ならば言葉も通じたっぺ。オラは魔の森が好きだっただ」

エレオノーラは、洞窟の奥に進んだ。洞窟はほのかに明るい。

「そういや、オラ、この洞窟が真っ暗じゃないことを疑問に思ったことなかったっぺ。ハムちゃんが光魔石がこの洞窟の壁の中に埋まってるからだって教えてくれるまで、ちいっとも不思議にも思わなかっただ」

「ああ、パイはなんでもあるがまま受け入れていたからね」

アレクセイの言葉に、エレオノーラは苦笑する。

「違うっぺ。オラ、なあんにも考えてなかっただけだべさ。オラが色々と考えられるようになったのは、ハムちゃんのお陰だっぺ。ハムちゃんは、オラに色んなこと教えてくれただ」

エレオノーラは幼いアレクセイを弱い者だと庇護《ひご》をしていただけではない。

アレクセイも当初は、エレオノーラに甘えていた。それこそ彼女が子供として可愛がっていた魔獣と同じように。しかし、エレオノーラはアレクセイを子供として可愛がる一方で、一人の人間として尊重し扱った。

「俺は、エレオノーラにとって特別だったか？」

エレオノーラは笑顔で答える。

「当たり前だっぺ。魔獣たちももちろん可愛かった。だけんども、ハムちゃんは特別だ。オラの光だっただ。オラが人間であることを許してくれただよ、ハムちゃんは。オラはそれだけで幸せだったっぺ。なのに、ハムちゃんときたら、それだけでねえ。オラに沢山の愛をくれただ」

エレオノーラがアレクセイを見上げて言うと、アレクセイは再び彼女を抱きしめて口づけをした。

「エレオノーラ。愛している。誰よりも君が好きだ」

壁に埋め込まれている光魔石がエレオノーラの金色の髪を幻想的に輝かせる。その髪に優しく触れた後、頬に、唇に指を滑らす。

エレオノーラは、この状況についていけずに混乱の極みにあった。

「だ、だめだ！　アレクセイ様！　オラたちまだ結婚してねえだ！」

そうエレオノーラが叫ぶと、グリフォンのぐりちゃんが洞窟内に入ってきて、アレクセイの頭を嘴《くちばし》で抉った。そして、アレクセイの襟をつかみ、壁に打ち付ける。

「ぐりちゃん！　やめてけれ！」

ぐりちゃんは、首を横に振る。そしてぐりちゃんの言い分を聞いて、エレオノーラはぐりちゃんの行動に納得した。

「……そういうことだっぺか。宰相様から頼まれたから仕方ないだな。結婚までは清くあらねばならないんだっぺ。うん、しきたりは大切だっぺよ。なんたって、ハムちゃんは皇帝陛下だ。みんなのお手本になんねえといけねえだ」

一方、打ち付けられたアレクセイは、ぐりちゃんの夫、ぐりんちゃんに介抱されていた。アレクセイは魔獣とは会話できないが、ぐりんちゃんの言いたいことはなんとなく理解して、項垂《うなだ》れる。

「ぐりん、俺に同情してるな。男として気持ちは分かるが、妻を止めることはできないと。おまえ、尻に敷かれているだろ」

ぐりんちゃんは、その指摘が図星だと言わんばかりに目を逸らした。

その後、アレクセイは自身の魔法で手当てをして、エレオノーラとともに気まずい雰囲気で洞窟を出た。

「ハムちゃん、ぐりちゃんは、宰相様の言葉を守っただけだっぺ。恨まないでけれ」

「ああ……。俺も急いて悪かった。言い訳にしかならないが、エレオノーラ、君が魅力的すぎるんだ」

「そ、そ、そんなこと、言わないでけれ。オラ恥ずかしいっぺ」

頬を染めるエレオノーラは、しばらくアレクセイと目を合わせることができなかった。

そして無言で魔の森を散策していると、二人の目の前を二角ウサギが横切る。

「ハムちゃん！　二角ウサギだっぺ！」

エレオノーラが嬉しそうに言うと、アレクセイは頷いた。

「君が言っていた、種の保存のために近くに番《つがい》で眠っているというのは本当だったんだな。決して疑っていたわけではないが、実際に目にすると驚くね」

「そうだっぺな。ちょっとぐりちゃんに、みんなどこに眠ってるか聞いてみるだっぺ」

エレオノーラがぐりちゃんに尋ねると、魔の森の構造についての説明から始まった。

「ぐりちゃんが言うには、魔の森には地下洞窟がいくつもあるんだっぺ。そこに、同種の魔獣の番が何組か眠ってて、それぞれの周期で入れ替わってるんだって。グリフォンは一組の番しか眠ってねえって。二角ウサギは、沢山の番が眠ってるって言ってるだ」

「恐らく、種の生存能力の違いによるんだろうな。……思った以上にすごいな。魔の森は人間が足を踏み入れていいところではない」

「んだ。でも沢山いる二角ウサギでさえ、交代周期はおおよそ五年だって。魔の森が元通りになるのはとんでもなく時間がかかるっぺな」

「人間の時間感覚だとな。彼らは人間とは違う」

「オラたちが生きている間に、少しでも魔獣が増えるとええなあ」

エレオノーラは遠い未来に思いを馳《は》せると同時に、魔獣がなぜこんなにも人間に忌避《きひ》されねばならないのかと、悲しくなった。

「ハムちゃんは、魔獣が人間を襲うって嘘《うそ》っこが、なんでまかり通ってるか知ってるだか？　オラ、ずうっと不思議だったたっぺ。でもな、エレオノーラとして生まれ変わったら、もう魔獣はいねえって教えられて。魔獣の生態を教えてくれる人はいなかっただ」

アレクセイは彼女の問いに答えることができない。

「いや、俺も知らないんだ。魔の森や魔獣のことを忘れたくて、それらに関して触れぬように生きてきたから、何も知らない。だが、調べるべきだな」

「魔の森が元通りになるように、オラも頑張るっぺ！」

「ああ。でも無理はしないようにな」

「それはハムちゃんの方だっぺ。ハムちゃん、働きすぎだっぺよ」

眉尻を下げて言うと、アレクセイはエレオノーラの頬にキスをした。

「エレオノーラに触れるだけで力がみなぎるから、大丈夫だ。もっと頑張れる」

(こんなんで頑張れるっておかしいっぺ!)

エレオノーラは顔を赤らめて、キスされた頬を自分の指先で触れる。困った顔をする彼女に、アレクセイは昼食を摂ろうと促した。

「そうだっぺな! オラ、昨日から色々と仕込んだっぺ」

彼女が取り出す料理にはハムがふんだんに使われていた。そしてデザートはパイ。

「ああ、美味《おい》しそうだ。ありがとう、エレオノーラ」

「んだ。いっぱい食べてけれ。ハムちゃん」

紅茶を注ぎ、手渡す。

「思い出すだ。ハムちゃん、嫌いなトゲトゲピーマン食べるとき、すごい顔してたっぺ。めんこい顔歪《ゆが》ませて。可愛かっただ」

エレオノーラは懐かしそうに語ると、お手製のソースとハムがふんだんに使われたパンを手に取って口に運ぶ。

「やっぱり、ハムちゃんのハムはうまいっぺ!」

「エレオノーラの料理の腕がいいから、ハムも一層美味《うま》く感じるんだよ」

「うんにゃ、食材のお陰だっぺよ」

彼女がパンを食べ終わると、不意にアレクセイが彼女の唇を舐《な》めた。

「……アレクセイ様！　何するっぺ」

「ソースがついていたから、つい美味しそうに見えてね」

恥ずかしがるエレオノーラに、アレクセイは目を細める。

「……エレオノーラ、気づいているかい？　俺のことをアレクセイと呼ぶことがあるのを。昔の俺のことはハムちゃんと言ってるのに」

「そういや、そうだっぺか？　ハムちゃんはハムちゃんなのにな。なんでだっぺ？」

エレオノーラは首を傾げた。以前ならば、訛《なま》った言葉を使う時はハムちゃんと呼んでいたのに、なぜだろうかと。

アレクセイは不思議そうな顔をするエレオノーラを愛《いと》おしそうに見つめる。

「ハムちゃんは、その理由分かってるんだっぺか？」

「ああ。でも内緒だ」

「なんで教えてくれねえだ？」

「そのうちに教えるさ」

日が暮れるまで魔の森を堪能《たんのう》した後、二人は城に戻《もど》った。

その後、魔の森へのデートは、定期的に行われるようになった。名目上、視察となっているが、二人にとっては単なるデートに過ぎない。しかし、彼らの魔の森の調査報告は、重要かつ貴重なもので、宰相セルゲイをはじめ二人と近しい者以外は、アレクセイとエレオノーラの勤勉さを褒めたたえるのだった。

そして、後の調査研究で、魔獣が人を襲うのは、魔の森に適性のない者だけだということが判明する。つまり、不用意に魔の森に入らなければ、人間が襲われることはないのだ。

「それなら、なしてハムちゃんは三つ目赤熊に食われただ？」

「それは、おそらく俺の遺体を運んだ奴隷が魔の森に適性がない者だったのだろう。ついでに一緒に食われて、それを覚えていた三つ目赤熊が翌日も俺を食べたんだと思う」

「あの熊っころ、許せねえだ。やっぱり熊鍋にしとけばよかっただ」

魔の森に受け入れられる人間というのは限られており、数が少ないことも明らかになる。後に、知能の高い魔獣がそれを判別するようになった。

さて、エレオノーラがもっとも疑問に思っていたことは、騎士団の魔獣討伐についてである。基本的に魔の森から出ることのない魔獣たちは人間を襲うことはない。なのに、なぜ魔獣討伐をしていたのか。エレオノーラは、かつて魔獣討伐をしていた老騎士を城に呼んで、話を聞いた。

「……魔獣討伐専門の騎士団の駐屯地がありましたが、なぜでしょうか。彼らは勝手には魔の森を出ません」

エレオノーラが老騎士にそう尋ねると、彼は魔獣が魔の森から出て人間に被害を与えた事実はないと言う。

「……ならば、なぜ討伐されていたのでしょうか？」

エレオノーラの疑問に、老騎士は淡々と答えた。

「魔獣の体内にある核を得るためです。核は魔力を増幅する力を持っています。貴族の魔力が大きいというのは、こういう仕組みがあったのですよ。魔力がない者には無用のものですが」

「……なんとつまらない理由で、魔獣たちを殺していたのですか」

「今はなき反皇帝派貴族たちの命でした」

元凶の反皇帝派貴族は、アレクセイによって粛清《しゅくせい》された。アレクセイは図らずも間接的に魔獣たちの仇《かたき》を打ったのだ。

「……今上《きんじょう》陛下は、素晴らしいお方です」

老騎士はエレオノーラの言葉に頷き、平和になった世の中に感謝した。

第七章

しあわせな結婚

A SILENT LADY
&
COLD EMPEROR

一年の婚約期間を経《へ》て、アレクセイとエレオノーラの結婚式は帝都の大聖堂で厳かに行われた。

エレオノーラは、この日のために帝国の技術の粋を集めて一年かけて作られた花嫁衣装を纏《まと》う。滑らかな白い絹布《けんぷ》をふんだんに使って、胸元にレースをあしらったドレスは、エレオノーラの希望で胸下で切り替わっており、リボンで結ばれている。この型は、エレオノーラが社交界で着用するようになって、今では多くの貴婦人が着るようになった。

そのエレオノーラの隣に立つアレクセイは、銀色の髪の毛を撫《な》でつけて、白い軍礼服を着ている。

大聖堂のステンドグラスから差し込む光の中で誓い合う二人。

大司教の発した文言を、アレクセイが言葉にし、エレオノーラも繰り返すと、宣誓は終わりだ。二人はしばらく見つめ合うと、アレクセイが感極まった様子で呟《つぶや》く。

「この日をようやく迎えられた」

「……はい」

（オラ、アレクセイ様のお嫁さんになったっぺ）

大聖堂から出ると、次はお披露目のパレードである。帝都には多くの人々が集まり、二人を祝った。

空にはグリフォンが舞い、二人を乗せた無蓋《むがい》馬車が大通りをゆっくりと走る。

「なんてお美しいんだ！」

「皇帝陛下、皇后陛下、万歳！」

「素敵！」

民衆の声が響く中、アレクセイはボソッと呟く。

「とっととパレードなんて終わればいいのに。早くエレオノーラを自分のものにしたい」

アレクセイの独り言に恥ずかしさを覚えたエレオノーラだが、淑女教育のお陰で、そんな様子は一切見せずに、美しい笑みを湛《たた》えて手を振る。

（すんげえ、人混みだっぺ！　オラ、ちゃんと花嫁さんとして、皇后として振る舞えてるだか？）

エレオノーラは懸命に己の役割を果たそうとしていたが、その隣に座るアレクセイは不貞腐《ふてくさ》れたように呟く。

「エレオノーラ、君の笑顔が減ってしまう。そんなに笑顔を振る舞わないでいいぞ」

（何わけの分からんことを言ってるだ！　オラはアレクセイ様の花嫁さんになったんだっぺ。アレクセイ様に相応《ふさわ》しいお嫁さんでありたいっぺよ！）

アレクセイの悋気《りんき》に呆《あき》れつつも、エレオノーラは幸せに包まれていた。


パレードの後、皇城で成婚パーティーが始まると、二人に祝いの言葉を捧《ささ》げる臣下たちが列をなす。

エレオノーラは、一人一人に短いながらも言葉をかけるが、アレクセイは黙って頷《うなず》くだけだ。

ようやく臣下たちの列が途切れると、アレクセイはセルゲイにさっさとパーティーを終わらせろとせっついた。

「陛下、お気持ちは分かります。分かりますが、せめてもう少し我慢なさってください」

そう小声で返すセルゲイをアレクセイはねめつける。

（アレクセイ様も疲れたんだっぺな。オラも人がいっぱいいて、疲れただよ。オラも頼んでみっか。

ええっと、オラ、皇后になったから、宰相様じゃなくて、セルゲイ殿って言うんだっぺな）

エレオノーラは脳内で会話を整理した後、セルゲイに話しかけた。

「……セルゲイ殿。わたくし、疲れましたの。もう少ししたら、下がってもよろしいかしら？」

エレオノーラがそう言うと、セルゲイは笑顔でもちろんですと答えた。隣にいるアレクセイは呆れ顔である。

「おまえ、俺に対する態度と違いすぎないか」

セルゲイはアレクセイの呟きが聞こえない素振りをした。

宴もたけなわの中、アレクセイとエレオノーラは広間を抜け、今夜から使うことになる二人の部屋に向かった。エレオノーラの部屋とアレクセイの部屋は主寝室を挟んで続いている。その二人で使う寝室にはエレオノーラが前世で大好きだった花、ムルトゥステラがちりばめられていた。

「……まるで魔の森の花畑のようでございます。ありがとうございます」

ようやく二人きりになったが、エレオノーラは昂《たかぶ》る感情を抑えるために、あえて令嬢言葉でアレクセイに話した。

「喜んでもらえて嬉《うれ》しい」

アレクセイがエレオノーラに軽く口づけをする。しかし、エレオノーラはいつもと違い、切なくなった。

「どうした？　気分でも悪いのか？」

エレオノーラは首を横に振った。

「……未練がましいのですが、もうハムちゃんに会えないと思うと、やはり寂しゅうございます」

「それはとっくに納得したのではなかったか？　俺はアレクセイで、あの子供はもう過去のものだと」

「……はい。理解しております」

エレオノーラはちゃんと分かってはいたものの、ハムちゃんとアレクセイを同一視できないでいた。

彼女のハムちゃんは今も泣き虫で、たまにおねしょをする子供なのだ。

「ならば、俺と君の子をハムちゃんだと思えばいい」

「それはダメだっぺ！」

思わず訛《なま》ったままの言葉が出て、エレオノーラは口をつぐむ。

「なんでだめなんだ？」

その問いに、エレオノーラは真剣な目をして答えた。

「……ハムちゃんは唯一なのです。そして、これから生まれてくる子供も唯一。誰一人として同じ人間は存在しません。だから、だから……。これはわたくしの独りよがりな感傷に過ぎません。ハムちゃんが、大切でした。なによりも大切でした。そして今は、アレクセイ様が大切なのです」

アレクセイにとってはハムちゃんもアレクセイも同じだが、エレオノーラにとっては違う。

「俺は昔から君が好きだったよ。パイもエレオノーラも。ただ、そこにある愛情は違う。エレオノーラには恋情を持っているんだ。君も俺と同じだろう。俺のことを、ハムちゃんではなくアレクセイと呼ぶようになったときから、エレオノーラも俺と同じなんだと思っていたよ」

「……え？」

「はじめのうちは、俺が君を抱きしめたり、口づけをしたりすると、無意識にアレクセイと呼んでいた。そのうち、思い出話ではハムちゃんと言うが、俺に対してはアレクセイと明確に分けるようになっていたよ」

「……言われてみれば、そうかもしれません」

エレオノーラは幸せをかみしめて、涙を流す。

「……わたくしは果報者でございます」

「俺も君に再会できて、そして結婚できて幸せだ」

エレオノーラの微笑《ほほえ》む姿は美しかった。

ムルトゥステラ——今世でもエレオノーラはきらきら星花と呼ぶ花——の甘い香りの中で、アレクセイは彼女を宝物のように愛した。


その翌日。

ようやくエレオノーラの心も身体も手に入れたアレクセイは充足感で満たされていたが、エレオノーラはというと、恥ずかしがってシーツにくるまって出てこない。

(アレクセイ様、無理だっぺ！　オラ、恥ずかしいっぺよ)

彼女が恥ずかしがる姿が可愛いとばかりに、アレクセイはシーツごとエレオノーラを上から抱きしめる。

「おはよう、エレオノーラ」

「……」

返事をする余裕すらないエレオノーラだが、アレクセイの声を聞くと、彼の姿も見たくなりシーツから少しだけ顔を出した。

白いシーツから零《こぼ》れた金色の髪の毛は朝日で煌《きら》めいている。そして上気した肌に、潤んだ瞳。

「エレオノーラ。だめだ。そんな顔をしては……」

そう言いつつも、アレクセイは自重できず、結局二人が部屋から出たのは夕暮れも間近だった。

色気が漏れまくっているエレオノーラを誰にも見せたくないと、アレクセイは駄々をこねていたが、当の本人であるエレオノーラに諌《いさ》められて、食堂に向かった。侍女たちの温かい視線にいたたまれなくなるが、皇后となったからには堂々としなければならない。

（オラ、皇后になっただ。アレクセイ様の隣に立つのに相応しい振る舞いをするっぺよ！　余裕を見せるだよ。オラ、平気だって態度取るっぺよ！）

その結果、エレオノーラが取った行動は、侍女たちに小さく微笑むといったものだった。エレオノーラの艶《あで》やかな笑顔に、彼女たちは顔を赤らめる。

（なして、おめたちの顔が赤くなるだ？　恥ずかしいのはオラの方だっぺ。……は！　キノコか？毒キノコ食ったたか？）

彼女が心配そうな顔を見せると、アレクセイが苦笑いをする。

「エレオノーラ、彼女たちは毒キノコは食べてないよ」

アレクセイは、エレオノーラだけに聞こえるように囁く。ともに過ごした一年間で、エレオノーラの心配性を知ったのだ。特に、相手の挙動がおかしくなると、毒キノコを食べたのではないかとボソッと呟くのをアレクセイは何度か聞いている。

「……さようでございますか」

彼女も小さな声で返す。

（そうだっぺ。毒キノコなんて、お城じゃ出ねえだよ。出たら、大変だっぺ！　でも、アレクセイ様は、加護のお陰で毒が効かねえだ。……んん？　よく考えたら、オラ、食あたりしたことねえな。エレオノーラになってから、腹を下したことがねえだ）


晩餐《ばんさん》を終えた後、アレクセイとエレオノーラは、夜にだけ開花する花を見るために庭に出た。足元は光魔石でぼんやりと照らされている。

アレクセイと二人きりになったエレオノーラは、加護のことについて聞いた。

「……アレクセイ様の加護をいただいて、わたくしは再び生を与えられたのですよね」

「ああ、恐らくそうだ」

そう言うと、アレクセイは防音魔法をかけた。

「自由に話していいよ」

「……でもここはお城の中ですし」

「ここには誰もいない。一応防音魔法をかけたから、何でも言ってほしい」

アレクセイがエレオノーラの腰を抱いて、頭に口づけを落とす。

「ありがとな、アレクセイ様」

「どういたしまして」

エレオノーラは幻想的な庭で、加護についてアレクセイと語り合った。

「不死の加護ってえのは、死ねない加護なのに、アレクセイ様のお母様は儚《はかな》くなっただ」

「確かに母は亡くなった。……あの加護は痛みを消すことはできない。俺を産む前から母は全身が痛む病を患っていたらしい。しかし、加護がある限り死ねない。そこで俺を産んだ後に、自分の加護を俺に移して、その病で亡くなったようだ」

アレクセイの話から、エレオノーラは主神の怒りを買った半神が腐った体のまま生き続ける呪いをかけられたという古代神話を思い出した。

「人知を超えた加護というものは、呪いみたいだっぺな。アレクセイ様はまだ加護が残ってるって言ってただ。それは嫌じゃないだか？」

「少しだけ残ってるな。俺には毒は効かないし、怪我《けが》をしても治りは早い。というか、怪我をしても魔法で治療してしまうから、加護はあまり気にならない」

「実はな、オラ、よく考えたら、生まれてこの方、食あたりしたことねえんだ。公爵家にいたとき、今考えれば、かなり変なもん食わされてたんだけど、全然腹が痛くなったことねえだ。熱も出したことねえ。おかしいだ」

エレオノーラの言葉を受けて、アレクセイは顎《あご》に手を当てる。

「それは、きっと俺と同じ加護を授かっているせいなんじゃないか？」

「アレクセイ様とお揃《そろ》いだっぺか？」

「エレオノーラを生まれ変わらせた不死の加護の残りが、互いに分け与えられたのかもしれない」

アレクセイの言葉を受けて、エレオノーラが瞳を輝かせて彼を見上げる。

「オラ、アレクセイ様とお揃いで嬉しいっぺ！」

「……俺も、君が健やかに過ごせる加護が与えられて嬉しい」

月明かりの中、エレオノーラは花が開花するのを見守っている。アレクセイはその花ではなく、その美しさに嘆息するエレオノーラをじっと見つめていた。花が開花したとき、アレクセイはエレオノーラに囁いた。

「一生をかけて君を幸せにする」

そう誓うと、エレオノーラもアレクセイに返した。

「オラも、アレクセイ様を幸せにするっぺ」

二人は寄り添い手を取り合って、美しく咲いた花を眺めた。


月日は流れ、結婚して一年が経《た》ったころ、アレクセイとエレオノーラの子供が誕生する。金色の髪に紫色の目をした、丸々とした男の子で、アンドレイと名付けられた。

（めんこい子だっぺ。ああ、本当にめんこい。だども、どうしてだ？）

エレオノーラは、生まれたばかりの赤子を抱っこして、目を細める。明け方生まれたアンドレイは窓から注ぎ込む朝日を浴びて、エレオノーラの腕の中にいた。アレクセイは聖母像のようだと呟き、感極まっている。

「ありがとう、エレオノーラ」

「……アレクセイ様との子を産むことができてとても幸せでございます。でも、この子、肌がうっすら緑色をしておりませんか？」

腕の中の赤子は、ごくごく薄い緑色を帯びていた。エレオノーラの前世の姿とは異なり、普通だと気づかない程度だ。彼女だからこそ、気づいたと言っていい。

「そうか？　確かに言われてみれば若干《じゃっかん》そんな気もするが。別に構わないだろう。君は嫌か？」

エレオノーラはとんでもないと首を横に振る。

「……ただ、この子が苦労するかもしれません。それが心配なのでございます」

もし前世の自分と同じようになったらと思うと、エレオノーラは気が気でなかった。

「大丈夫だろう。俺も君も、アンドレイを愛している。孤独ではない」

「……そうでしょうか」

「そうだ。俺はパイの緑色のぶよぶよした皮膚が好きだった」

(そう言ってもらえると嬉しいだ。だども、それはアレクセイ様だからだっぺ。こういうのを特殊性癖って呼ぶらしいだ)

アレクセイは、不安そうなエレオノーラの肩を抱いた。

「そんなに心配ならば、調べてみよう。前世の君の姿がどうしてああなったのかも分かるかもしれない」

エレオノーラはその言葉に頷いた。

そして、アレクセイは約束通り、研究組織を作り調査を始める。思ったより大掛かりで、エレオノーラは驚くが、彼女も協力を惜しまなかった。

そして四人目の子供が生まれたころには、その原因が明らかになる。その報告を聞いたアレクセイとエレオノーラは寝室のベッドの中で語り合っていた。

「エレオノーラ、調査結果によると、魔獣と親和性が高い者だけに現れる症状らしい。パイは異常に親和性が高かったんだな。パイが魔獣と意思疎通《そつう》ができたのも、そういう理由だったんだ」

「今もオラ、魔獣たちと仲いいっぺよ。昔と変わんねえだ。なして、ぶよぶよの緑色の皮膚してねえだ？」

「そうなんだ。そこが不思議でならない。エレオノーラの皮膚は緑色ではない」

「ところで、なんで緑色なんだっぺ？」

「研究者たちは魔獣の核の色が緑だからという見解を示しているが……」

「魔獣の核か。あれは魔法の源になるんだって聞いただ」

かつて魔獣を討伐していた理由だ。皇族、高位貴族たちが、魔力を増幅するために魔獣の核を得ていた。核を身に着けるだけで魔力が増すが、魔力を持っていなければ意味をなさない。

エレオノーラが首を捻《ひね》っていると、アレクセイが何かに気づいた様子を見せる。

「そうだ。エレオノーラ、君、魔の森の食べ物をアンドレイの妊娠中に食べたんじゃないか？」

「食ったっぺよ。うんめえキノコに、金色リンゴ」

「多分、そのせいだな。あの魔獣殲滅《せんめつ》によって魔獣の核が地中に沢山《たくさん》埋まった結果、植物にもその成分が移行したんだろう」

「なんだって！　じゃあ、アンドレイが緑色なのは、オラのせいじゃねえか」

エレオノーラが悲壮な顔をする。

「俺としては、パイのようなぶよぶよした皮膚も素晴らしいと思うんだがな」

アレクセイは微笑みながら言う。

（やっぱり、アレクセイ様は変わってるだ）

「じゃあ、オラの前世で、あんな姿だったのはオラの母親がなんか食ったからか？」

「恐らく。パイは、魔の森に近い貧しい村に住んでいたんだったな」

「ああ。近いって言っても、歩いて三日はかかるっぺ」

「多分、当時、一角ネズミのような小さな魔獣を食べた獣を食べたんじゃないだろうか。パイが生まれた年は大飢饉《だいききん》に見舞われていたはずだ。野生の動物も飢えていたからね。大型の獣ならば、魔の森に入って魔獣を食べていてもおかしくない」

「そんなら、オラの母親だけじゃなくって、他の人も食べたんじゃねえか？」

もっともな意見に、アレクセイは頷く。

「魔獣と親和性が高い者が、核の成分を含んだものを身体に取り込んだ場合のみに、緑色になるんだ。その村ではパイだけだったんだろうね」

「そういうことだっぺか」

「だから、アンドレイの皮膚を元に戻すには、核の成分を取り除けばいい」

「んん？　そんなことどうやってできるだ？」

「いや、俺の魔法でその成分だけを取り出せるよ」

エレオノーラは目を見張る。

「えええええ？　なら、オラの悩みって一体何だったぺ」

「申し訳ない。パイの緑色のぶよぶよした皮膚が好きだったから、つい。アンドレイ本人も何も気にしてなかったしな」

悪びれない様子のアレクセイに、エレオノーラは呆れるのだった。

後日、エレオノーラが長男アンドレイに緑色の皮膚をどうしたいか尋ねると、彼はにっこりと笑って答える。

「僕、この薄緑色の皮膚好きだよ！　なんかかっこいいし。でも、薄すぎて誰も気づかないんだよね」

（かっこいい？　わけが分かんねえだよ。アレクセイ様が何か吹き込んだっぺか？）

エレオノーラが訝《いぶか》しげにしていると、アンドレイが本棚の方に向かって一冊の本を持ってくる。

「ねえ、母上、この絵本知ってる？」

そう言ってアンドレイが見せた絵本は、『魔の森の母さんとその子供たち』という題名で、表紙には前世のエレオノーラであるパイや、彼女がハムちゃんと呼んでいた幼いアレクセイ、そして魔獣たちにそっくりな絵が描かれていた。

「このクッキー母さんは、魔の森のみんなと仲良しなんだ。とっても優しくって面白くて、逞《たくま》しいの。僕ね、このクッキー母さんが好き。それにここに出てくる、サラミっていう王子は、魔の森を守る騎士になるんだよ」

絵本を開くと、そこにはパイとハムちゃんが、魔獣たちと仲良くキノコを採っている姿が載っている。

「……アンドレイ、この絵本は誰からいただいたの？」

エレオノーラは子供たちには訛った言葉は聞かせない。それはアレクセイの独占欲によるもので、エレオノーラの訛った言葉は自分だけのものなのだとアンドレイが生まれたときに堂々と言った。もちろんエレオノーラは皇族として育つ子供たちの教育上、訛った言葉を聞かせるつもりは毛頭なかったが、今もアレクセイの言い分には呆れている。

「父上がくれたんだ」

エレオノーラはそう言えばと、幼いアレクセイも絵が上手だったことを思い出す。

（もしかして、アレクセイ様自身が、この絵本描いたっぺか？）

「……そう。お母様も欲しいわ」

「じゃあ、父上に頼むといいよ。父上は母上の頼み事なら、何でも聞いてくれるし」

「……そうね。アンドレイ。でも、緑色の肌が嫌になったら、いつでも言うのよ？」

アンドレイは、エレオノーラの問いに不思議そうな顔をするが、分かったと答える。

「じゃあ、母上、また今度魔の森に連れて行ってくださいね！　赤ちゃんが生まれたから、行けるって聞きました」

「……ええ。春になったら行きましょう」

「はい！」

そう言うと、アンドレイは駆け出して行った。

エレオノーラはアンドレイが置きっぱなしにした絵本を手に取る。そこにはパイとハムちゃんや魔獣たちとの楽しかった日々が描かれていた。

クッキーとサラミという名前に、少しだけ笑ってしまう。春になったら、家族全員で魔の森に行こうと、窓の外に舞う雪を眺めながら魔の森に思いを馳《は》せるのだった。

エピローグ

A SILENT LADY
&
COLD EMPEROR

さて、アレクセイの治世は、帝国史の中でももっとも特筆すべきものとなった。

冷徹で残忍な性格をした皇帝アレクセイは、皇后エレオノーラのみを愛したことで有名だが、その愛を一身に受けた彼女は、無口ではあるが慈愛に満ちた美しい女性であり、魔獣を統《す》べる聖女として後世に名を残している。

彼女が中心となって進めた魔獣に関する研究により、魔の森と魔獣の緊密な関係性や、光魔石がかつての魔獣の糞《ふん》の化石であることなどが判明した。

そして、魔の森は魔獣と、魔獣と心を通わせることが可能な人間のみが暮らす森となる。

今も魔の森に残る小さな家は、皇帝アレクセイと皇后エレオノーラの別荘であり、彼らの七人の子供たちとともに、休暇を過ごした思い出の場所である。

二人は譲位した後、この魔の森で暮らしたと言われている。魔の森では、無口な皇后も異国の言葉でお喋《しゃべ》りをしていたとのことだが、真偽のほどは定かではない。

そしてこの二人は、ハムとパイを好んで食しており、成婚の際にはハムが入った小さなパイが配られた。そのパイは帝都名物の一つとなったのだった。

あとがき

この度は『無口な公爵令嬢と冷徹な皇帝～前世拾った子供が皇帝になっていました～』をお手に取っていただき誠にありがとうございます。筆者のベキオです。

当初七万五千字しかなかった本作を、十二万字以上に膨らませ、より読みやすく、かつ面白くできたのは編集のMさんのお陰です。Mさんが担当してくださったことに心から感謝しています。Mさん、ありがとうございます。どうやらMさんは、私が楽な方に流れるダメ人間であることを初めから見抜いておられたようで、びしびしと的確に指摘し、導いてくださいました。鞭の使い方がすこぶる上手な方です。以前観に行ったボ○ショイサーカスの猛獣使いのようでした。たまには飴も欲しいと思わないでもありませんが。

さて、本作をｗｅｂで公開した際に読者の方々にパイの容姿ってどんなふうなの？　とよく尋ねられましたが、やはり担当Mさんからも聞かれました。気になりますよね？

本作の主要人物であるパイにはイメージモンスターがいます。それは、国民的ロールプレイングゲームであるド○ゴンクエストに登場する、げんじゅ○しです。げんじゅ○しは、ド○クエⅢで初登場しました。ド○クエⅢといえば、社会現象にもなったゲームソフトですね。ちなみに子供だった私は近所の小さな本屋で予約しました。流通の問題だとは思うのですが、当時は本屋でもゲームソフトを扱っていたのです。

そして、再び私がこのげんじゅ○しと出会うのは、ド○クエⅧです。ド○クエⅧでは登場人物が二頭身のドット絵ではなくなり、それまでのド○クエとは一線を画しました。あほな子供からあほな大人に成長した私はやりこみます。すると、どうしたことでしょう。私はモンスターの存在意義を考えるようになってしまったのです。単なるレベル上げのための存在、ボスとは異なる雑魚。それが私自身に重なりました。見た目が人間でないというだけで、知性がないというだけで、この扱い。なんと厳しく悲しい世界だろうと思いつつ、やはりモンスターは倒していくんですけどね。

作中のパイは見た目が異形であるがゆえに、迫害されます。しかし、彼女はそういうものだと受け入れて、悲嘆することなく生を全うしました。この生き方は、私の憧れでもあります。つまり、パイは私がなりたかったモンスターということになります。

一方、パイが拾ったハムちゃんことアレクセイですが、彼はパイによって愛を知ったがために彼女を失った後、復讐の人生を歩みます。彼は彼自身にも復讐をしていたのでしょう。しかし、生まれ変わったパイことエレオノーラに出会うや否や、恋に落ちてしまうのです。

『吾はもや　安見児得たり　皆人の
得難にすといふ　安見児得たり』

これは『万葉集』にある藤原鎌足の歌ですが、アレクセイがエレオノーラを得たときの気持ちはこんな感じだったのだろうと思いつつ本文を書きました。あの鎌足がこんなに無邪気に喜んでいるのですよ！　なんだか素敵ですよね。アレクセイの方がエレオノーラよりもずっと人間臭いのです。

一方のエレオノーラにはこの歌が浮かびました。

『人はよし　思ひやむとも　玉鬘
影に見えつつ　忘らえぬかも』

こちらも『万葉集』からですが、倭大后が夫たる天智天皇が亡くなった際に詠んだ挽歌です。この歌とは立場は逆になるのですが、パイは死に際に、自分だけはハムちゃんを忘れないという強い想いを抱いて世を去りました。果たして、前世の記憶を持ったまま生まれ変わってしまうのです。

彼女は前世でパイと名付けられたにもかかわらず、ついぞパイを食べることなくこの世を去りました。彼女のハムとパイに対する熱い想い（これは一種の呪いかもしれません）によって、今世ではエレオノーラとして、ハムちゃんことアレクセイと出会えたわけですが、彼女が普通に愛されて育ったならば、恐らくハムちゃんとパイとして再会することはなかったでしょう。それでも、アレクセイはエレオノーラに恋するのだろうと思います。

ドラ〇エ、『万葉集』と好きなことをつらつらと書きましたが、本作にはこんな思いが詰まってたのかということが皆様に少しでも伝われば幸いです。といっても、ほとんどドラ〇エの思い出話ですが。

最後になりますが、本の刊行までに携わっていただきました、デザイナーさま、印刷所さま、校正さま、そしてイラストレーターの藤未都也先生に深謝申し上げます。誠にありがとうございました。

ふつつかな悪女ではございますが

～雛宮蝶鼠とりかえ伝～

著：中村颯希　　イラスト：ゆき哉

『雛宮』――それは次代の妃を育成するため、五つの名家から姫君を集めた宮。次期皇后と呼び声も高く、蝶々のように美しい虚弱な雛女、玲琳は、それを妬んだ雛女、慧月に精神と身体を入れ替えられてしまう！　突如、そばかすだらけの鼠姫と呼ばれる嫌われ者、慧月の姿になってしまった玲琳。誰も信じてくれず、今まで優しくしてくれていた人達からは蔑まれ、劣悪な環境におかれるのだが……。大逆転後宮とりかえ伝、開幕！

第七王子に生まれたけど、何すりゃいいの？

著：籠の中のうさぎ　　イラスト：krage

生を受けたその瞬間、前世の記憶を持っていることに気がついた王子ライモンド。環境にも恵まれ、新しい生活をはじめた彼は自分は七番目の王子、すなわち六人の兄がいることを知った。しかもみんなすごい人ばかり。母であるマヤは自分を次期国王にと望んでいるが、正直、兄たちと争いなんてしたくない。――それじゃあ俺は、この世界で何をしたらいいんだろう？　前世の知識を生かして歩む、愛され王子の異世界ファンタジーライフ！

悪役令嬢の中の人

著：まきぶろ　　イラスト：紫 真依

乙女ゲームの悪役令嬢に転生したエミは、ヒロインの《星の乙女》に陥れられ、婚約破棄と同時に《星の乙女》の命を狙ったと断罪された。婚約者とも幼馴染みとも義弟とも信頼関係を築けたと思っていたのに……。ショックでエミは意識を失い、代わりに中からずっとエミを見守っていた本来の悪役令嬢レミリアが目覚める。わたくしはお前達を許さない。レミリアはエミを貶めた者達への復讐を誓い――!?　苛烈で華麗な悪役令嬢の復讐劇開幕!!

悪役令嬢らしいですが、私は猫をモフります

著：月神サキ　　イラスト：めろ

自分が物語の世界に転生していると気付いた公爵令嬢スピカ・プラリエ。彼女はある日、魔法学園の新入生に「悪役令嬢のあなたになんて、負けないんだから！」と言われ、この世界が『乙女ゲーム』の世界だと思い知らされる。とりあえず、婚約者であるアステール王子をヒロインに譲ればいわゆる破滅ルートから逃れられるのでは？　などと考えていた帰り道、彼女は子猫を拾う。元々の猫好きが爆発し、リュカと名付けたその子猫にメロメロなスピカだが、なぜかリュカの声が聞こえてきて――。スピカの運命、DEAD or ニャLIVE!?

僕は婚約破棄なんてしませんからね

著：ジュピタースタジオ　　イラスト：Nardack

「き……、きゃあああああ――――！」第一王子の僕の婚約者である公爵令嬢のセレアさん。十歳の初顔合わせで悲鳴を上げて倒れちゃいました！　なになに、思い出した？　君が悪役令嬢？　僕の浮気のせいで君が破滅する？　そんなまさか！　でも、乙女ゲームのヒロインだという女の子に会った時、強烈に胸がドキドキして……、これが強制力？　これは乙女ゲーのストーリーという過酷な運命にラブラブしながら抗う、王子と悪役令嬢の物語。

勇者の嫁になりたくて(￣▽￣)ゞ

著：鐘森千花伊　　イラスト：山朋洸

ファンタジーな世界に前世の記憶を持ったまま転生した少女ベルリナ。彼女は前世知識と特殊スキルによって都会暮らしを堪能していたのだが……。ある日、勇者・クライスを一目見た瞬間にすべてが変わってしまった。そう、都会暮らしを捨てて勇者を追いかけるという追っかけ生活に！　たとえ火の中、水の中、危険なダンジョンの中であろうとも、勇者様の姿を10m後ろに隠れてがっつり追いかけます。すべてはあなたの嫁になるために!!

後宮妃の隠しごと

~夜を守る龍の妃~

著:硝子町玻璃　　イラスト:白谷ゆう

龍に護られた大国、"凛"。その後宮には、龍の加護をもつ四人の妃賓がいた。その中のひとり、玲華は周囲がうらやむ美しさを持ちながらも、妃としての役目を果たさず周囲から置物の妃と言われ、疎まれていた。しかしある日、警護兵として後宮で働きだした青年、蒼燕が彼女の秘密を突き止め、その上「私をあなたのお傍に置いていただきたい」と志願してきて……？　豪華絢爛、奇奇怪怪、中華後宮ファンタジー。

軍人少女、皇立魔法学園に潜入することになりました。

〜乙女ゲーム？ そんなの聞いてませんけど？〜

著：冬瀬　　イラスト：タムラヨウ

前世の記憶を駆使し、シアン皇国のエリート軍人として名を馳せるラゼ。次の任務は、セントリオール皇立魔法学園に潜入し、貴族様の未来を見守ること!?　キラキラな学園生活に戸惑うもなじんでいくラゼだが、突然友人のカーナが、「ここは乙女ゲームの世界、そして私は悪役令嬢」と言い出した！　しかも、最悪のシナリオは、ラゼももろとも破滅!?　その日から陰に日向にイベントを攻略していくが、ゲームにはない未知のフラグが発生して——。

無口《むくち》な公爵令嬢《こうしゃくれいじょう》と冷徹《れいてつ》な皇帝《こうてい》
～前世《ぜんせ》拾《ひろ》った子供《こども》が皇帝《こうてい》になっていました～

初出……「無口な公爵令嬢と冷徹な皇帝～前世拾った子供が皇帝になっていました～」
小説投稿サイト「小説家になろう」で掲載

2021年5月5日　初版発行

【著者】ベキオ
【イラスト】藤《ふじ》 未都也《みつや》

【発行者】野内雅宏

【発行所】株式会社一迅社
〒160-0022
東京都新宿区新宿3-1-13　京王新宿追分ビル5F
電話　03-5312-7432（編集）
電話　03-5312-6150（販売）

発売元：株式会社講談社（講談社・一迅社）

【印刷所・製本】大日本印刷株式会社
【DTP】株式会社三協美術

【装幀】AFTERGLOW

ISBN978-4-7580-9362-0

おたよりの宛先
〒160-0022
東京都新宿区新宿3-1-13　京王新宿追分ビル5F
株式会社一迅社　ノベル編集部
ベキオ先生・藤 未都也先生